HAYDEN ANDERSON

Une erreur fatale

Éditions P. Jaquet

ISBN : 978-2-9700899-1-9

À Patricia et Nelly

1. Vendredi 12 janvier

Exaspérée, Dee se regarde dans le miroir. Elle a l'impression de voir noircir à vue d'œil toutes ces petites taches rouges sur son chemisier. Maintenant il ne reste plus qu'à le jeter, et, pour cela, elle étranglerait volontiers le type, mais ça ne servirait absolument à rien vu que son cadavre est en tas par terre derrière elle.

L'opération paraissait pourtant bien pensée. La règle numéro un, pour une tueuse à gages qui se soucie de sa sécurité, c'est de faire passer la mort du sujet pour accidentelle. Au reste, le client avait lui-même lourdement insisté en ce sens. Coup de chance, quand, la semaine passée, elle a visité la maison pour faire le tour des lieux et organiser l'opération, elle a trouvé un Colt Peacemaker rangé dans un tiroir. C'est un objet de collection, une antiquité dont la conception date du XIXe siècle, mais, avec ses cartouches de calibre .45 Colt, il a tout d'un canon portatif. Un accident en manipulant une telle arme, ça peut arriver.

À partir de là, la marche à suivre semblait toute tracée : revenir vers 16 heures vendredi, prendre le revolver, se cacher dans la salle de bains et attendre. À son retour du boulot, le type allait sûrement faire un saut aux toilettes. À son âge, on ne tient plus le litre. L'idée consistait à lui mettre le canon du revolver sous le menton et à presser sur la détente. Avec l'effet de surprise, il serait mort avant d'avoir compris ce qui se passe. De l'avis de Dee, le bruit ne risquait guère d'attirer l'attention des voisins. Pour le couvrir, il y aurait le bruit du trafic sur la voie rapide toute proche.

L'alarme de la maison est un modèle sans fil peu élaboré et Dee a pu la mettre momentanément hors d'usage en lui envoyant un signal de brouillage qu'elle a fait durer quelques minutes, le temps de s'introduire dans la maison et de s'installer dans la salle de bains, à l'abri des capteurs.

Le type est arrivé un peu après 17 heures et, comme prévu, il est monté aussitôt. Mais, quand Dee a jailli de derrière la porte et qu'elle a appuyé sur la détente, il a eu le dernier réflexe de l'agripper et de lui arracher le haut de la combinaison de protection blanche qu'elle avait revêtue pour protéger ses vêtements. Résultat, le chemisier de la jeune femme est maintenant tout taché de sang.

En regardant de plus près, on dirait même qu'il y a de petits bouts de chair de-ci de-là. Le côté canon portatif du Peacemaker est bien pratique pour assurer le coup, mais il s'avère que ça peut quasiment faire exploser la tête de la cible, auquel cas des reliefs de cervelle se trouvent projetés dans tous les sens. De plus, avec la force du recul, maintenant Dee a mal à la main.

Bon, tout ça est agaçant mais rien de plus. Il reste à nettoyer les lieux pour éviter que les enquêteurs de la police trouvent des éléments qui montreraient que l'événement n'est pas un accident. Et ça, elle sait le faire.

Tout l'art consiste à ne laisser aucune empreinte, aucune trace d'ADN, rien. Première étape, mettre le Colt dans la main du type ; ensuite, se reculer au fond de la salle de bains et sauter par dessus la flaque de sang afin d'éviter de laisser une trace de pas ; et, enfin, mettre le feu à la maison. Pour assainir une scène de crime, il n'y a rien de mieux. Ce que l'incendie ne détruit pas, l'eau des pompiers se charge de le faire disparaître.

La jeune femme sort de son sac à dos le vieux chauffage électrique qu'elle a apporté avec elle, trouve dans une penderie une pièce de vêtement à poser dessus et met la chaleur à fond.

Les vieux radiateurs électriques constituent d'excellents systèmes d'incendie. Ils sont dotés de corps de chauffe dont le métal devient orange quand il est chaud et ils ne comprennent pas de système de sécurité. On les branche, on les règle à la position maximum, on pose dessus un vieux pyjama et on place le tout à côté d'un canapé. La réussite est garantie. Les meubles contiennent en général plein de mousse uréthane, de colles synthétiques et d'autres substances dérivées du pétrole qui se révèlent combustibles à souhait. Ceux qui sont présentés comme ignifugés ne font souvent que retarder l'inévitable. Ils finissent par brûler comme les autres.

Il y a un autre avantage : avant que la chaleur ne s'élève suffisamment pour que le tissu s'enflamme et que l'incendie démarre, il faut un bon moment. On a tout le temps de disparaître.

Après s'être un peu frictionné le poignet, Dee soupire et met sa doudoune grise. C'est un vêtement de travail parfait : il a une vaste capuche qui masque la tête et, au niveau de la taille, il comporte un épais rembourrage fait maison. Une fois engoncée dedans, elle a l'air d'un gros homme plus vrai que nature.

En sortant, elle bute contre un grand sac en plastique Sports Direct abandonné au milieu du corridor. Elle jette un coup d'œil sur son contenu, réfléchit un instant et le fourre dans son sac à dos. Ça passe de justesse.

Sur le pas de la porte de derrière, elle balaie rapidement le jardin du regard. Tout est calme. Il est 18 heures, il bruine et il fait nuit.

Au mois de janvier, à Londres, le soir tombe vers 16 heures. C'est précieux pour les activités de fin d'après-midi qui nécessitent la discrétion.

Elle se faufile hors de la propriété par la porte du fond du jardin et se retrouve sur le sentier envahi de ronces et de détritus qu'elle a emprunté pour venir. Il y a d'ex-chaises blanches qui ont tourné au gris verdâtre, un matelas de la même couleur, des chariots de supermarché tordus et d'autres immondices difficiles à identifier.

Dans la rue, une centaine de mètres plus loin, une caméra de surveillance enregistre brièvement une ombre grassouillette et encapuchonnée qui passe en se penchant en avant comme on le fait par un soir humide d'hiver. Les images ne se distinguent pas par leur qualité, et l'obscurité et la brume ne font rien pour les arranger.

L'ombre sort du champ de la caméra en s'engageant sur un passage qui mène au sentier qui suit la Brent, la rivière qui traverse Ealing et se jette dans la Tamise à Brentford. La nuit l'avale.

2. Samedi 13 janvier

Adossés à leur voiture, deux policiers regardent l'ouverture noircie de la porte de la maison.

L'inspecteur Robert White est un homme d'une cinquantaine d'années et d'une stature imposante. Le sergent Madiha Khan, elle, est une petite femme mince de vingt-huit ans. Elle fait bien vingt centimètres de moins que lui. Ils font partie de l'Homicide and Major Crime Command, le département de la Met chargé des crimes graves [1].

White réfléchit à haute voix.

— Les pompiers n'ont pas trouvé d'accélérant, et il n'y a rien de bizarre dans le départ du feu. Les techniciens de la scientifique vont faire une analyse chimique des décombres pour être sûrs, mais on dirait bien que c'est juste l'histoire classique du vêtement jeté sur le dossier d'un fauteuil, et malheureusement une manche pend un peu trop près du radiateur, et voilà, il arrive ce qui devait arriver.

Le sergent Khan ne sait pas vraiment pourquoi, mais elle n'aime pas la façon dont les choses se présentent.

— Oui, mais ça me semble quand même curieux. La victime se suicide, et, au même moment, sa robe de chambre prend feu. La concomitance des deux choses est un peu dure à avaler. Et il y a autre chose. Les radiateurs qui

______

1. La Metropolitan Police (la Met) est la force de police responsable des trente-deux arrondissements qui forment le Grand Londres, à l'exception de la City qui, elle, a son propre corps, la City of London Police. Le siège de la Met est New Scotland Yard. Le Homicide and Major Crime Command se compose d'une vingtaine d'équipes, les MIT (Major Investigation Teams).

causent un incendie, d'habitude, ça se produit chez les gens
âgés. Ce sont eux qui oublient ce qu'ils viennent de faire et
ce sont eux qui possèdent encore ces radiateurs électriques
pourris qui datent du siècle passé. Un pompier m'a dit tout
à l'heure que, dans 90 % des cas, en Grande-Bretagne, les
feux de ce genre se produisent chez des gens de plus de
soixante ans.

— Peut-être que le mort était trop pris par ses intentions suicidaires pour penser à vérifier que son vêtement
ne pendait pas trop près du corps de chauffe.

— Oui, peut-être. Et heureusement que les voisins ont
remarqué l'incendie presque tout de suite. Sinon, la maison
aurait pu brûler entièrement.

— Au fait, on n'a pas pu établir si la victime est bien le
propriétaire de la maison. Quel est son nom, déjà ? Ah oui,
Jack O'Neill. Mais l'état du corps ne permet pas de l'identifier. J'ai rarement vu une tête dans un état pareil. Il va
falloir demander au légiste de faire les analyses nécessaires.

Le sergent Khan reste préoccupée par les circonstances
de la mort de la victime.

— Et pourquoi est-ce que ce O'Neill est monté au premier étage ? Pour se suicider dans la salle de bains ? Ça
aussi, c'est étrange.

— Parfois les gens agissent d'une manière qui peut paraître bizarre, répond White. Il y a peut-être une explication toute bête à son comportement, mais il n'est plus là
pour nous en faire part.

— N'empêche, ça me turlupine. Les circonstances de ce
suicide ne me plaisent pas.

— Mais qu'est-ce que fait l'AFO [2] ? s'impatiente l'inspecteur. Il y a un temps fou qu'il est là dedans.

---

2. Les AFO (Authorised Firearms Officers) sont les policiers au-
torisés à utiliser et manipuler des armes à feu.

— N'empêche que je suis bien contente que ce soit lui et pas moi qui s'occupe de l'arme. En arrivant, il m'a dit que les cartouches de cet engin sont souvent chargées de poudre noire. C'est un explosif antédiluvien et il suffit d'une simple étincelle pour le faire sauter. Il m'a raconté que, au XIXe siècle, une barge qui contenait cinq tonnes de poudre noire a fait explosion sur le Regent's Canal, derrière le zoo, et que le bruit s'est entendu à trente kilomètres de distance. Vous vous rendez compte, on a retrouvé la quille de la barge fichée dans une maison à 300 mètres de l'accident.

— Je ne crois pas qu'il y ait un risque. Toutes les balles ont sûrement explosé à cause de la chaleur.

L'AFO sort enfin. Il porte un sac en plastique translucide avec le revolver dedans. C'est un grand blond d'une trentaine d'années qui marche du pas martial d'un membre des forces spéciales.

— C'était une pièce de musée, annonce-t-il solennellement. En parfait état, elle pourrait bien coûter jusqu'à 10 000 livres. Ça change des Webley de nos grands-pères qui traînent encore dans tant de greniers.

— Une arme de collection ? Elle se trouvait donc vraisemblablement dans la maison, s'aventure White.

— Sans doute. Ce que je peux vous dire, c'est qu'aucun criminel sain d'esprit n'en ferait son arme. Ce tromblon doit avoir 150 ans, et, aujourd'hui, il y a plein de pistolets beaucoup plus pratiques d'emploi.

— Vu. Autre chose ?

— Rien pour l'instant.

White se tourne vers Khan.

— Et l'enquête de voisinage ?

— Ça n'a rien donné pour le moment, rétorque-t-elle. Les voisins n'ont rien vu, rien entendu, rien soupçonné. Le bruit du coup de feu a sans doute été couvert par le bruit de la télévision et du trafic sur la route. La voisine la plus proche est une vieille dame qui a commencé par me demander de parler plus fort. Elle regardait EastEnders, je le sais parce qu'on entendait les dialogues depuis le porche comme si on s'était trouvé planté devant le poste. C'est incroyable, cette série, c'est comme Friends, quand ça s'arrête sur une chaîne ça reprend sur une autre.

— Elle n'a rien remarqué non plus ?

— Non. Elle est sympa, elle a voulu m'offrir une tasse de thé. J'ai dû m'excuser en lui disant que j'étais super pressée.

— Bref, les voisins ne peuvent pas nous aider.

— L'essentiel de ce qu'on sait, c'est grâce aux pompiers. Selon eux, l'incendie a commencé hier aux alentours de 19 heures. Le légiste dit que la mort a certainement précédé le départ du feu. La CSI pourra certainement nous en dire plus [3].

— Les images de vidéo en circuit fermé ?

— Rien pour l'instant. C'est Robinson qui est dessus. Il a déjà découvert que, ce matin, la victime était sortie juste avant 8 heures et qu'elle est revenue vers 17 heures. Tout paraît juste normal.

— La porte au fond du jardin ?

— Elle donne sur un sentier jonché de boîtes de bière, de caddies et d'ordures de toute sorte. Il y a même un matelas, enfin, ce qui en reste. À voir l'absence de crottes, même les propriétaires de chiens évitent de s'y promener. Il y a plusieurs voies d'accès, mais aucune n'est couverte par une caméra, et le dallage du chemin n'a pas gardé de marques identifiables. Il y a quelques indications de pas-

---

3. La CSI (Crime Scene Investigation Unit) est l'organisme chargé d'examiner la scène de crime et de réunir les éléments de preuve scientifique disponibles.

sage récent, notamment une ou deux branches de ronces écrasées, mais pas moyen d'en tirer des informations exploitables.

— Donc, il y a peut-être eu des allées et venues sur ce chemin.

— J'imagine qu'un régiment entier pourrait l'emprunter sans être vu. Il est masqué par les palissades des jardins et les gens du quartier l'évitent. Trop crasseux, trop de ronces, trop sordide.

— Tout ça paraît conciliable avec l'hypothèse du suicide. Si on prend les critères d'Ovenstone, qu'est-ce que ça donne ? Un, est-ce que l'intention suicidaire est compatible avec le modus operandi ? La réponse est oui, un coup de feu sous le menton, c'est assez classique. Deux, le mort a-t-il laissé une note d'adieu ? Là, c'est apparemment non, mais, avec cet incendie, rien n'est moins sûr. Tout ce qu'on peut dire, c'est qu'on n'a rien trouvé. Trois, a-t-il parlé de suicide ces derniers mois ou a-t-il vécu une situation de stress ? Il faut qu'on se renseigne auprès de sa famille et de ses amis. Et quatre, est-ce qu'il souffre d'une maladie psychique ? Et est-ce qu'il est dépendant de l'alcool ou d'une autre drogue ? Il faut aussi qu'on voie ça de plus près.

Soudain, les deux policiers entendent derrière eux une voix teintée d'accent irlandais.

— Eh, qu'est-ce qui s'est passé ici ? Qu'est-ce qui est arrivé à ma maison ?

L'AFO est sur le départ, un pied par terre et l'autre dans sa camionnette. Il se retourne vers White et Khan, l'air narquois.

— Tiens, le propriétaire des lieux n'est pas le suicidé. Et il se demande ce qui est arrivé à sa maison ! Voilà un mec qui n'a pas le sens de l'observation. Ça ne va pas faciliter les choses pour identifier le corps.

En rentrant chez elle, Dee trouve un message de sa mère dans son ordinateur. Un passage la préoccupe au sujet de l'ex-mari de sa sœur :

« Joshua refait des siennes et Brittany est affolée. Il a l'intention de se tourner vers la justice pour obtenir la garde des enfants et ta sœur pense qu'il risque bien d'y parvenir. Elle m'a dit qu'elle a arrêté l'héroïne, mais elle a eu beaucoup d'ennuis à ce sujet avec la police et les juges n'aiment pas les mères qui se droguent. Aujourd'hui, elle est clean et elle m'a dit qu'elle a la ferme intention de ne plus retomber dans cette horreur, mais elle se rend bien compte que le tribunal n'aura que sa parole. Je suis inquiète pour elle mais surtout pour les enfants. Aller vivre avec un père violent, c'est la dernière chose qu'ils veulent. Ils ont peur de lui et ses crises les mettent dans tous leurs états. »

Dee n'est pas convaincue que la méfiance des autorités soit mal placée en ce qui concerne sa sœur, mais la question n'est pas là. Brittany ne montre certainement pas les qualités d'une bonne mère. Son activité préférée consiste à se répandre sur son sofa avec à portée de la main une provision de canettes de bière japonaise et une cartouche de cigarettes que son ami hongrois Karoly introduit en Angleterre cachées au fond de sa camionnette. Dans l'univers de Disney, elle tiendrait plus de la Belle au bois dormant avant son réveil que de l'industrieuse Blanche-Neige, mais, sur le plan de l'apparence physique, on penserait plutôt à la marâtre de Cendrillon. Mais bon, au moins elle ne frappe jamais ses enfants.

Pour Dee, le message de sa mère constitue un appel au secours en bonne et due forme et il va lui falloir faire quelque chose. Sinon, les appels téléphoniques et les emails vont s'accumuler et cette perspective l'épuise d'avance.

14

« Ne t'inquiète pas maman, je vais parler à Joshua. Je suis sûre que ça va s'arranger. Et de toute manière je ne pense pas qu'un juge lui confierait les enfants étant donné son passé judiciaire. »

En envoyant sa réponse, elle fait des vœux pour que sa mère soit suffisamment convaincue par sa promesse pour se calmer.

Maintenant, il va falloir faire en sorte que ça s'arrange vraiment. Elle se met à réfléchir.

Question déconnage, son beau-frère a déjà montré ce qu'il savait faire et il faut bien reconnaître que ça vaut son pesant de cacahuètes.

La première fois qu'il a eu maille à partir avec la justice, c'était à la suite d'une bagarre devant un pub. Comme souvent, il a présenté ses arguments à un autre client de l'établissement à coups de poings. Pour cela, il s'est retrouvé devant le tribunal correctionnel et il n'a rien trouvé de mieux que d'annoncer au juge que sa voiture se trouvait dans un parking payant et qu'il espérait que la séance ne durerait pas trop longtemps parce que, sinon, il risquait de devoir payer une amende pour dépassement du temps de stationnement. Selon les dires de Brittany, qui était présente, le juge est devenu violet et lui a sifflé un certain nombre d'informations sur le thème de l'outrage au tribunal qui ont jeté un froid.

Joshua, lui, raconte cet incident à qui veut l'entendre à chaque occasion de beuverie, convaincu que cela montre à son auditoire qu'il n'a peur de personne, pas même des juges. Les regards en coin qui s'échangent autour de lui racontent une autre histoire, mais il n'a pas la finesse de les comprendre.

À une autre occasion, il est sorti d'un pub bourré comme un coing et il a malgré tout pris sa voiture pour rentrer chez lui. Comme il s'est fait flasher par un radar fixe, il n'a rien trouvé de mieux que de harponner le jerrican qui se trouvait dans son coffre et d'arroser d'essence le radar avant d'y mettre le feu. Seulement, c'était trop tard : la photo avait été transmise au centre de commande de la police dans la seconde après avoir enregistré l'infraction.

Ça s'appelle brûler ses chances. L'aventure s'est de nouveau terminée au correctionnel. Depuis, il roule en général en vélo, ce qui constitue au demeurant une bonne nouvelle sachant qu'il est beaucoup moins dangereux au guidon qu'au volant.

Ou, plus exactement, il le serait s'il n'avait pas la mauvaise habitude de reprendre son auto et de rouler sans permis quand il est trop soûl. Heureusement, ou malheureusement, tout dépend du point de vue auquel on se place, il n'a encore jamais été contrôlé par la police. Ce qui surprend un peu Dee, c'est que personne n'ait jamais téléphoné aux flics pour le balancer, mais elle présume que la crainte qu'il inspire le protège contre ce genre de velléités.

Comment résoudre cette histoire de garde d'enfants ? Faire appel aux bons sentiments du bonhomme ? Dee n'y croit pas du tout. Ça ne ferait que l'encourager dans ses projets. Autant essayer de faire un trou dans l'eau, comme on dit en espagnol (elle a appris cette expression durant ses vacances sur l'île de Tenerife). À la perspective de faire tartir toute la famille de son ex-femme, il marcherait sur l'air.

Lui offrir une somme d'argent substantielle ? Ça ne servirait à rien non plus. Il serait parfaitement capable d'accepter le fric puis d'engager quand même une procédure devant les tribunaux. Et le comble, c'est qu'il pourrait même utiliser l'argent qu'il aurait reçu pour s'offrir un avocat particulièrement retors.

Lui faire signer un papier dans lequel il renonce à demander la garde des gosses ? Une telle déclaration aurait d'autant moins de valeur qu'il est très facile de prétendre plus tard que la situation a changé depuis le moment où on l'a signée (genre « elle avait arrêté, mais maintenant elle prend de nouveau de l'héroïne »).

Il va falloir trouver une solution. Dee se fait un double espresso, met de la musique au salon, s'assied dans le fauteuil le mieux placé pour une écoute de qualité et commence à cogiter.

3. Dimanche 14 janvier

Le Bogside est un faubourg ouvrier de Derry, la plus grande ville d'Irlande du Nord après Belfast — Derry, comme disent les nationalistes irlandais, et non Londonderry, comme disent les unionistes. Le Bogside étant un quartier républicain, on risque de s'attirer des regards noirs si on y parle de Londonderry. Il faut dire que c'est pareil dans l'autre sens si on a affaire à un unioniste. Il y a quelque temps, à la gare routière de Belfast, un touriste a demandé un billet pour Derry et il s'est vu platement répondre que cet endroit n'existait pas.

Dans le salon d'un appartement de Bishop Street, une des rues principales du Bogside, quatre personnes sont assises autour de la table de la cuisine. Il y a deux hommes, un grand maigre d'une soixantaine d'années et un petit empâté d'âge moyen. Ils se nomment Brian et William. Face à eux, deux femmes forment en quelque sorte leur miroir inversé : Helena est une vieille dame plutôt ronde et petite de taille, et Vanessa une jeune femme élancée à la longue chevelure châtain.

— Kevin O'Neill est mort avant-hier, fait savoir Helena. Il était chez son frère Jack à Londres.

— Qu'est-il arrivé ? s'enquiert William.

— D'après la police, il semble qu'il s'est donné la mort. Il se serait tiré une balle dans la tête. Mais ça me paraît curieux. D'abord, les gens ne programment habituellement pas leur suicide pendant leurs vacances dans la famille. Et après, la semaine passée, il me parlait tous les jours des actions qu'on voulait entreprendre pour les prochaines élections. Quand on prévoit de se suicider, on ne gaspille pas des soirées entières à organiser des choses. Mon impression, c'est qu'on l'a aidé à se tuer.

— De toute façon, pourquoi aurait-il fait ça chez les Anglais ? réfléchit Brian à voix haute. Il ne pouvait pas les voir en peinture. Voir son nom associé à Londres, ça lui donnerait des boutons.

— Kevin, je le connais, mais pas Jack, s'interpose Vanessa. De quoi a-t-il l'air ?

— Il ressemble à Kevin, en plus déplumé. Il a deux ans de plus.

Helena est soucieuse.

— C'est une histoire bien malheureuse, mais pas seulement. Kevin devait nous livrer dix kilos de C-4 aujourd'hui. La semaine passée, il m'a dit qu'il allait se le procurer auprès d'une bande de truands d'Hillingdon. Où est ce C-4 ? Il faut qu'on le trouve. Ce n'est pas le genre de choses à laisser traîner n'importe où.

— Ah ça oui, fait Brian. J'y tiens, à ce C-4. Le TATP [4] est vraiment trop lunatique à mon goût et j'en ai marre de fabriquer des mélanges improbables dans ma cuisine en suivant les recettes de l'*Anarchist Cookbook*. Les résultats ne sont pas terribles et en plus c'est dangereux. L'auteur, là, comment il s'appelle, Powell, il ne me paraît pas très sérieux. Il y a plein d'erreurs et d'imprécisions dans le chapitre sur les explosifs.

— Comment est-ce que tu testes tes produits ? s'inquiète Vanessa. C'est vachement dangereux.

______

4. Le TATP (triperoxyde de triacétone) est un explosif simple à fabriquer mais instable.

— Comme je fais mes premiers essais sur des quantités très faibles, je les teste dans mon garage. Il y a une fosse de visite idéale pour ça.

— Et tu n'as jamais de problèmes ?

— Si, quelquefois. La semaine passée, ma préparation n'a pas bougé d'un cil quand j'ai déclenché le détonateur, mais, quelques minutes après, il y a eu un phénomène de combustion spontanée et ça a dégagé en brûlant une infecte fumée noire qui m'a valu des regards excédés de la part de mes voisins. Le garage est resté nauséabond pendant des jours.

— Et tes voisins ?

— Oh, ils n'étaient pas plus nauséabonds après qu'avant. William se fend la pipe.

— Mais, pour être sérieux, reprend Brian, je me méfie de Brendan, mon voisin. Mes expériences le terrorisent, il pense que je finirai par faire sauter toute la rue. J'ai peur qu'il me dénonce.

— Ce n'est pas ton chien qui a avalé un jour un reste d'une de tes recettes à la mords-moi-le-doigt ? intervient William.

— Oui, et ça ne lui a pas convenu. Il était défoncé comme un terrain de manœuvre. Il avançait en crabe et se cognait dans tous les meubles en me regardant d'un air ulcéré. Après, il a dormi pendant douze heures.

— Et si on revenait à O'Neill ? reprend Helena. Il faut qu'on se rende sur place, maintenant. Vous y allez les quatre et vous ramenez l'explosif — s'il n'a pas fini en fumée dans l'incendie.

— Les quatre ? interroge Vanessa. Mais, si tu ne viens pas avec nous, on est trois.

— Vous trois et le chien. En route, passez en vitesse à notre entrepôt du port de Coleraine, en espérant qu'il y a encore un peu de C-4 dans la cache. Là, faites renifler le produit au clébard et offrez-lui une friandise. À Londres, il le trouvera peut-être plus vite que vous.

Trois hommes tiennent une conversation du même genre dans la véranda d'un pavillon de Crouch End, dans la banlieue nord de Londres. C'est une grande pièce tout en vitrages avec un carrelage dans les tons café au lait et une cheminée.

Le propriétaire des lieux est âgé d'une cinquantaine d'années. Il porte une veste de tweed très victorienne et il ne manque pas d'une certaine prestance dans le style banquier d'affaires. Il fait un peu penser à David Cameron. Il en porte d'ailleurs le prénom : il s'appelle Davide Parietti.

Sur l'insistance de ses parents, des immigrés italiens grands admirateurs d'Umberto Eco, il a fait des études littéraires relativement complètes, mais un sien cousin basé à Palerme l'a convaincu de travailler dans l'import-export, l'argument définitif pour s'intéresser à une affaire étant moins sa légalité que le montant du bénéfice qu'on peut espérer en tirer. Cela fait de Parietti un personnage hors norme capable de discuter de la téléologie de la bibliothèque du *Nom de la rose* avec la même compétence que des détails du montage à échafauder pour fournir en toute discrétion des armes à une organisation criminelle.

Ses deux visiteurs ont un peu plus de trente ans et sont vêtus d'un pardessus beige pour l'un, marron pour l'autre. Ils pourraient poser pour une publicité pour une salle de musculation si leur figure était plus avenante — et là, il s'en faut de beaucoup.

Le premier se nomme Price. Il a le front bas et les arcades sourcillaires marquées d'un homme de Néandertal. Le second, Mitchell, affiche le faciès féroce d'un adjudant de bande dessinée.

Deux chiens-loups couchés dans le corridor les considèrent d'un œil vaguement hostile.

— Le frère de Jack O'Neill s'est tué vendredi et un
incendie a détruit aussitôt après une partie de la maison
où il se trouvait, annonce Parietti. Je trouve ça bizarre.

— Il faut trouver un autre fournisseur, alors, tente
Price.

— Pas si vite. Il faut qu'on tire ce foutoir au clair avant.
Ce serait imprudent d'avancer sans en savoir plus sur ces
événements.

Il tend un morceau de papier à Price.

— Voici l'adresse. Allez-y et essayez de découvrir ce qui
se passe.

Les deux chiens-loups ont fini par s'introduire dans la
véranda. Ils rôdent en rond en cliquetant de la griffe sous
le regard torve de Price. Il n'apprécie ces animaux qu'en
porcelaine sur un manteau de cheminée.

— De beaux chiens, que vous avez là, fait-il.

Une fois dans la rue, les deux hommes s'attardent un
instant sur le trottoir et regardent le jardin de Parietti avec
un certain dédain. Les plantations ont l'air misérables dans
le froid de ce morne dimanche de janvier. Au printemps,
la rue bordée d'arbres en fleur sera pleine de charme mais,
maintenant, elle ne paye vraiment pas de mine.

— Je ne savais pas qu'il aimait les chiens, lance Price.

— Oh, il ne les aime pas. Simplement, il pense qu'une
paire de bergers allemands est plus efficace contre les tentatives d'intrusion qu'un système d'alarme, surtout que la
devise de ses clébards, c'est, en gros, « si ça bouge, c'est
fait pour être mordu ».

— C'est sûr qu'on ne risque pas d'oublier de les brancher.

Tout en parlant, Price se tâte les poches et examine la chaussée avant d'afficher une expression songeuse.

— Tiens, où est mon portefeuille ? J'ai dû l'oublier sur la table du salon quand j'ai pris le papier avec l'adresse.

— Il est de quelle couleur ? Quand on est sorti, j'ai vu qu'un des deux clebs mâchouillait un truc brun, et ça faisait de drôles de craquements. En y repensant, je me demande si ça n'était pas un bruit de cartes de crédit qui se fendent.

En même temps, dans le quartier de Vauxhall, sur l'Albert Embankment, deux femmes dans la trentaine sirotent un gin tonic au fond du Pico Bar. L'une, Sarah, est une blonde à lunettes, et l'autre, Amy, une blonde sans lunettes.

— Jack O'Neill, tu vois qui c'est ? demande Sarah. Un Nord-Irlandais ? Sa baraque a été en partie détruite par le feu vendredi et le corps de son frère a été trouvé dans les décombres tenant encore à la main un énorme revolver vieux d'un siècle. Il s'était apparemment donné la mort avec. C'est louche.

— Pourquoi ça ?

— Choisir pour se tuer une arme aussi vieille, c'est curieux, quand on sait que ce type est trafiquant d'armes. Il a accès à plein d'engins de mort modernes. Et puis il y a cet incendie un peu trop opportun à mon goût. Il n'y a pas mieux pour faire disparaître bien à propos les traces de tout ce qui pourrait être utile aux techniciens médico-légaux.

— Un trafiquant d'armes ? Ce mec, on avait donc de sérieuses raisons de garder un œil dessus ?

— Tu peux le dire. Il s'appelait Kevin. Il fricotait avec la Nouvelle IRA et on sait qu'il trempait dans un trafic entre l'Irlande du Nord et l'Angleterre. Il raffolait des Micro Uzi parce qu'ils sont compacts et faciles à dissimuler.

— Il passait par quels canaux d'approvisionnement ?

— Par ceux que l'IRA provisoire a établis dans les années 1970. Ces Uzi venaient d'abord des États-Unis dissimulés à bord du Queen Elisabeth 2.

— Non ? s'exclame Amy. Le Queen Elisabeth 2 ? C'est marrant, trois amies à moi ont fait une croisière sur ce paquebot. Ou plutôt deux. Je veux dire deux croisières, pas deux amies. Elles ont beaucoup aimé.

— Les contrebandiers aussi. Un navire avec à bord un équipage de 1 000 personnes et près de 1 800 passagers, c'est un terrain idéal. Comment est-ce que la police pourrait enquêter sur tous ces gens ? Et puis, comment fouiller les entrailles d'un bâtiment aussi énorme ? D'autant plus que les douaniers doivent travailler de manière discrète pour éviter d'effaroucher les passagers ou d'offusquer l'armateur. Les croisières, ça vaut des milliards.

— L'armateur ? La Cunard ?

— Non, la Cunard n'était que l'affréteur. L'armateur du Queen Elisabeth 2, c'était le groupe Carnival, le numéro un mondial des croisières. Ils ont les moyens qu'il faut pour faire pression sur les autorités.

— Et comment est-ce que le trafic était organisé du côté américain ? L'IRA est présente là-bas aussi ?

— Oui, mais ils n'ont pas les épaules pour gérer ce genre de choses. Ceux qui savent comment s'y prendre se comptent sur les doigts d'une main. C'était l'Irish Mob, la mafia irlandaise, qui menait les opérations de l'autre côté de la grande mare.

— Ça a duré longtemps ?

— Des années. Mais aucune filière ne peut durer éternellement. Comme toujours, le truc a fini par être éventé par le FBI ou Dieu sait quel autre service de ce genre. Il y en a plein aux États-Unis. Je me demande toujours comment ils évitent de se marcher sur les pieds les uns les autres.

— Que s'est-il passé ensuite ?

— Les dirigeants de l'IRA ont abandonné la filière américaine. Ils se sont rabattus sur l'Afrique du Sud, et, au bout du compte, c'était sans doute une meilleure solution. Les Uzi viennent d'Israël, et, coup de bol, Israël et l'Afrique du Sud étaient bons amis. À l'époque de l'apartheid et des sanctions internationales, les dirigeants de l'Afrique du Sud avaient mis en place une collaboration occulte avec Israël et la Suisse s'occupait du financement.

— Ce triangle a un fumet pas très catholique. Les gens de l'IRA s'y sont ralliés ?

— Absolument pas. Mais les considérations idéologiques ont cédé la priorité aux dures nécessités de la vie et les Uzi se sont mis à arriver en Irlande du Nord sur des cargos appartenant à des affairistes qui évoluent autour de cette association sud-africano–israélo–suisse. Avant d'être débarquées à Killybegs, sur la côte nord-ouest de l'Irlande, les armes étaient transbordées sur des bateaux de pêche. Pour les caisses, ils employaient toujours la même recette de mille-feuille : sur le dessus, une couche de harengs, puis une bonne épaisseur de glace pilée, puis, au fond, une couche de pistolets mitrailleurs entortillés dans du plastique.

— Quel boulot, tout ça, fait Amy, rêveuse.

— Tu peux le dire ! Et après, les armes sentaient un peu la marée, mais il semble que les acquéreurs ne se sont jamais plaints.

— Maintenant, les choses se passent toujours de cette manière ?

— Non. Les mouvement des bateaux sont bien mieux surveillés et des transbordements au large des côtes du Royaume-Uni seraient tout de suite repérés. Les trafiquants utilisent des méthodes moins évidentes. En ce moment, on essaye de mettre au jour les canaux par lesquels ils passent, mais on n'a pas encore de piste sérieuse.

— Et l'autre frère, là, Jack, il joue quel rôle dans tout cela ?

— Lui, c'est un promoteur immobilier. Il semble qu'il n'hésite pas à flirter avec les limites de la loi et la Met le suit de près, mais on n'a pas d'indice qui montrerait qu'il est en cheville avec Kevin. À première vue, il n'a rien à battre du sort de l'Irlande du nord, il ne s'intéresse qu'au fric. Cela dit, le trafic d'armes l'attire peut-être, mais pas pour des raisons politiques ; parce que ça rapporte et que ce n'est pas si dangereux que ça à condition de se protéger par une chaîne d'intermédiaires bien cloisonnée.

— Eh bien, tu en sais des choses, Sarah. Est-ce que tout Legoland [5] est au courant de tout ça ? Chez nous, je n'ai jamais entendu parler de quoi que ce soit.

— En fait, j'ai eu l'occasion de travailler sur une affaire qui concernait Kevin. La plupart de mes collègues ne savent probablement pas grand chose, eux. C'est le cloisonnement. Comme dit C, on peut avoir soit la vision d'ensemble, soit la confidentialité, mais pas les deux. C'est un paradoxe qui limite drôlement notre efficacité.

— Évidemment. Mais qui est C ?

— Notre patron. Notre premier directeur était le capitaine Cumming de la Royal Navy, de 1909 jusqu'à sa

---

5. Legoland est un surnom du bâtiment occupé par le MI6, le Secret Intelligence Service. On l'appelle aussi Babylon-on-Thames (Babylone-sur-Tamise) à cause de son architecture. Un autre surnom, moins poli, est The Vauxhall Trollop (la grue de Vauxhall).

mort. Il signait « C » et c'est resté le surnom de nos chefs successifs jusqu'à aujourd'hui.

— C, comme M dans les James Bond ? s'étonne Amy.

— En effet. Et on a aussi un maître ès gadgets du genre de Q. Certains collègues l'appellent d'ailleurs Q.

— C'est marrant.

— Oui, mais notre ressemblance avec le MI6 de James Bond s'arrête là. Pas de palaces, de plages tropicales, de voitures de sport et peu de jolies filles — on se demande d'ailleurs ce que j'en ferais. Et, vu le fait qu'on essaye toujours de ne pas attirer l'attention, on évite les cocktails tape-à-l'œil comme les vodka martinis.

— Secoués mais pas brassés.

— En réalité, notre boulot est souvent assommant. Il y a quelques années, je me suis fait engager par une entreprise de nettoyage. Une de nos cibles était une entreprise industrielle de pointe et mon job pour le MI6 consistait, avant de mettre dans la déchiqueteuse les papiers qui se trouvaient dans les poubelles des bureaux, à les parcourir et à prendre en photo tout ce qui présentait un intérêt potentiel : les plans de dispositifs techniques, les brouillons de brevets, les projets de contrats, etc. On ne remerciera jamais assez les crétins de directeurs financiers qui ont réussi à persuader leurs entreprises de confier le service de nettoyage à des entreprises externes. Qui a accès à tous les locaux de l'entreprise ? L'équipe de nettoyage. Qui travaille le soir quand il n'y a plus personne dans les bureaux pour surveiller ce qui se passe ? L'équipe de nettoyage. Pour faciliter l'espionnage, on ne peut pas rêver mieux.

— En somme, Sarah, tu passais une ou deux heures tous les soirs à passer l'aspirateur et tu photographiais de temps en temps un bout de papier ? Je n'en voudrais pas, de ce boulot.

— Et chez vous, comment ça se présente ?

— Bon, il faut bien dire que, chez nous non plus, le travail n'est pas tellement sexy. On passe la majeure partie du temps à épier des gens qu'on soupçonne de terrorisme, de grand banditisme ou d'espionnage. Mais on a un avantage sur vous : pour des raisons de sécurité, nous, on ne ramène jamais de travail à la maison.

— À Legoland, on plaisante souvent en disant que le travail à la Box [6] consiste à lire des emails sans intérêt et à écouter des enregistrements de voix barbants, tout ça huit heures par jour.

— Tu n'as pas tort. Quand on installe des micros dans un logement, on entend plus souvent « n'oublie pas le lait en rentrant » que « fais exploser Big Ben demain à midi ».

Madiha Khan vit en collocation dans un appartement du quartier d'Elephant and Castle avec une amie, Zameena, qui est interne à St Thomas' Hospital. Elles aiment ce coin, qui compte beaucoup de jeunes et d'étudiants de tous les pays.

Elles ont en commun un chat qu'elles ont appelé Fahad. Son sport favori consiste à voler dans les plumes de toute créature vivante qui s'approche par trop du logement et les échauffourées ne se terminent pas toujours sans casse. Zameena a donc souvent l'occasion d'exercer ses talents sur leur animal, ce qui fait dire à Madiha qu'elle est médecin de jour et vétérinaire de nuit.

---

6. La Box est le surnom du quartier général du MI5, le service de contre-espionnage britannique (chose curieuse, le MI5 ne s'appelle plus ainsi depuis 1929, mais tout le monde continue d'utiliser cette dénomination de préférence à son nom officiel de Security Service, même sur leur site web). Le mot Box vient de son adresse de boîte postale, *PO Box 500*, à l'époque de la deuxième guerre mondiale.

En été, après le travail, elles aiment prendre le bus pour Peckam et boire un verre en admirant le coucher du soleil depuis le toit du parking couvert où se trouve le Frank's Café. De temps en temps, elle lui font une infidélité en faveur du Bussey Rooftop Bar, mais elles préfèrent le Frank's.

Par contre, en hiver, les deux endroits sont fermés et elles se rabattent sur le Tankard, un pub dont la terrasse donne sur le parc de l'Imperial War Museum, ce qui lui donne un petit parfum de campagne.

Le climat à Londres est relativement doux. Même en janvier, la température en journée monte vite à 10-12 degrés et, si le soleil est de la partie, on peut se tenir sur la terrasse. Aussi Madiha et Zameena se sont-elles installées à une table ronde contre la rambarde et elles contemplent la coupole du musée.

— On voit bien le bâtiment du musée, remarque Zameena. En été, les arbres coupent la vue, mais, là, sans les feuilles, on a une jolie vue.

— J'aurais bien voulu visiter l'Imperial War Museum quand il se trouvait dans le Crystal Palace, remarque Madiha. Un bâtiment tout de verre de plus de 500 mètres de longueur, ça devait être magique. En tout cas, les photos me font rêver.

— De quand date l'incendie qui l'a détruit ?

Madiha fouille dans son sac à main pour prendre son téléphone.

— Attends que je voie ça... novembre 1936.

— Le bâtiment actuel ne vaut pas le Crystal Palace, mais, avec son dôme et son portique palladien, il ne manque pas de prestance. Et pour nous autres, du monde médical, c'est un endroit chargé d'histoire. Au XIXe siècle et au début du XXe, c'était le Bethlem Royal Hospital.

— Le célèbre hôpital psychiatrique ? Bedlam ?

— C'est ça. John, le barman, m'a dit que, depuis cette terrasse, on avait la vue par dessus les murs sur les jardins de l'hôpital et que certains clients venaient boire une bière ici un peu comme on irait au zoo, pour reluquer les malades qui se baladaient dans les allées.

— Des gens venaient sur cette terrasse pour mater les malades ? C'est horrible.

— Bah, c'était une chose normale à cette époque.

— Zameena, tu fais du déni.

— Pas du tout, je suis juste sélective par rapport aux credo établis. Un autre verre de blanc ?

— Allons-y. Ce bordeaux me plaît. Et, sur cette terrasse, il reste frais.

— Tu ne pencherais pas vers l'abus d'alcool, au moins ?

— Absolument pas. C'est seulement un trouble obsessionnel compulsif. Prendre une succession de verres, ça me calme.

Dee est en nage. Son ex-beau-frère n'est pas très lourd mais elle n'a rien d'une lanceuse de poids soviétique. Faire rentrer le corps dans le tonneau en plastique qu'elle a acheté tout à l'heure au Homebase a été toute une affaire.

Le début de l'opération s'est pourtant déroulé sans encombre. Quand Joshua est sorti de chez lui sans brancher l'alarme, elle a pu se glisser sans difficulté dans son salon. Elle a complété sa bouteille de whisky d'une bonne dose d'un cocktail de benzodiazépines pendant qu'un chat venu lui tenir compagnie se frottait contre sa jambe en ronronnant. En trois minutes, c'était fait et elle ressortait dans le jardin se tapir sous les branches d'un pin avantageusement placé devant la fenêtre en baie du salon.

Joshua est réapparu peu après avec son repas dans un sachet en papier. Il n'est pas du genre à cuisiner, à part peut-être des œufs au miroir.

Une fois assis devant la télé, il a extrait du sachet ce qui ressemble à une tourte à la viande, sans accompagnement, ni légumes, ni fruits. Les trucs bons pour la santé n'ont apparemment pas assez bon goût pour lui.

Brittany a souvent parlé à Dee de l'habitude de son mari de boire chaque soir trois ou quatre verres de whisky bien tassés et du fait que ça le rendait violent. Pour l'alcool, il n'a pas changé de routine et la deuxième phase de l'opération s'est passée comme une lettre à la poste. Il a bu plusieurs verres comme prévu et, peu après, il s'est endormi dans son fauteuil.

Dans le bosquet où elle se dissimulait, Dee souriait toute seule. Pas un accroc, tout se passait comme prévu. Si seulement c'était chaque fois comme ça.

Entrer dans la maison, caresser le chat au passage, ce qui l'a fait ronronner de plus belle, puis poser le tonneau sur le plancher devant le fauteuil de Joshua a été l'affaire d'une minute. Comme prévu, Joshua était inerte. Il respirait, mais il était tombé dans ce qui ressemblait à un état comateux.

Est-ce qu'il pourrait réémerger de sa léthargie ? Dee, qui n'y connaît rien en matière de réanimation et qui aime le travail bien fait, pose sur l'arrière de la tête du type une couverture qu'elle a trouvée sur le sofa avant de lui donner un coup bien ajusté sur la nuque avec le marteau qu'elle a pris soin d'emporter avec elle. Elle veut lui régler son compte tout en évitant de lui faire une blessure ouverte. Il vaut mieux éviter toute goutte de sang par terre.

Ça marche. Vérification faite, il ne respire plus, tout va bien. C'est Brittany qui serait sûrement ravie.

Mais le tonneau ne veut pas rester en place. Ce truc rond et lisse a tout d'une anguille géante.

Installé sur le dossier du canapé, le chat regarde le spectacle avec un intérêt soutenu. Même coincé entre le fauteuil et le mur, le tonneau parvient à déraper vers l'arrière, ou vers l'avant, ou de côté. Il faut à Dee un bon moment pour parvenir à faire entrer le mort dedans, mais finalement c'est fait. Il faut dire que ça aurait pris moins de temps si elle avait pensé à prendre les clés de son beau-frère dans sa poche avant de l'enfourner dans le tonneau. Il a fallu le ressortir pour les récupérer.

Avec tout ça, elle a de nouveau mal au poignet.

Par contre, elle ne rencontre aucune difficulté avec le couvercle du tonneau. Le système de fermeture se révèle simple et efficace.

Comme elle s'y attendait, Joshua possède un de ces gros Range Rover noirs capables de traverser le Sahara. Il n'est jamais sorti de l'Angleterre avec son monstre parce qu'il n'aime pas l'Écosse et qu'il n'a aucune envie de se rendre sur le continent si c'est pour se retrouver avec des gens qui roulent de l'autre côté de la route. Par contre, il aurait été fin prêt si le prince des ténèbres avait soudainement transformé les rues de Londres en pistes de brousse.

Il faut maintenant que le tonneau entre dans le coffre du véhicule. Il est toujours aussi rond et glissant, mais Dee parvient à ses fins plus facilement qu'elle ne le redoutait.

Juché sur une pile de pneus au fond du garage, le chat continue de suivre avec attention la progression des événements. Il ne s'est jamais rien passé d'aussi intéressant dans cette maison.

Dee se rend ensuite dans la chambre à coucher, toujours suivie par le chat, qui s'est remis à ronronner comme une turbine. Elle s'interroge. Est-ce qu'il ne comprend pas ce qui se passe? Ou est-ce qu'il sait, mais qu'il n'en a rien à cirer ? On dirait qu'il s'est mis dans la tête qu'elle constitue la nouvelle patronne des lieux et qu'il vaut mieux manifester sa sympathie à quelqu'un qui va sûrement prendre en charge les tâches essentielles comme la distribution de nourriture.

Elle appelle son ex-beau-frère par téléphone et se laisse guider par la sonnerie pour trouver son smartphone. Il se trouve sur la table de la cuisine. Elle l'attrape, le pose sur un chiffon et lui donne quelques bons coups de marteau avant de replier le chiffon, d'y faire un nœud et de le fourrer dans sa poche. Et voilà pour le traçage de ses mouvements.

Dans une armoire du corridor, elle trouve une valise, la remplit de vêtements, prend la brosse à dents et le dentifrice de Joshua, joint le chiffon qui contient les débris de son téléphone et met le tout dans le coffre de la voiture avant de retourner dans la maison. Rien oublié? Elle se concentre et passe tout en revue dans son esprit. Ah oui, est-ce que le chat a assez à manger dans son écuelle? Elle fait un saut dans la cuisine, trouve les croquettes dans un buffet et en verse une pelletée dans la soucoupe.

Sinon, tout va bien. Il ne reste plus qu'à activer l'alarme, sortir et fermer la porte à double tour. Tout doit avoir l'air normal.

Poser les fausses plaques qu'elle a prises dans son sac à main ne prend qu'un instant.

Les goûts triviaux de Joshua en matière de voitures se révèlent précieux. Les Range Rover noirs sont populaires. La jeune femme va aisément se perdre dans le trafic.

Dans le 4x4, il y a le passeport de son propriétaire. Parfait. Il finit aussi dans la valise.

Il ne reste plus qu'à s'en aller. Par chance, les vitres de la Range sont fumées. Le film de plastique est parsemé de bulles mais il atteint son but : un voisin qui verrait la jeune femme quitter la propriété n'a aucune chance de voir que ce n'est pas Joshua au volant.

En sortant du garage, elle presse sur le bouton de la télécommande pour fermer la porte et elle gagne la rue. Les vitres teintées se révèlent inutiles. Pas une âme à l'horizon.

En roulant, elle a l'impression de dominer la route. Elle trouve la conduite de ce véhicule plus plaisante qu'elle ne s'y attendait, mais elle se demande à quoi peuvent bien servir les sept sièges. Joshua vivait seul et il n'avait que deux enfants. Ça laisse quatre sièges inutiles, et, à voir leur état de neuf, ils n'étaient effectivement pas utilisés souvent.

Elle emprunte des routes secondaires pour couper à un maximum de caméras de surveillance et elle prend soin de respecter les limitations de vitesse. Inutile de se faire remarquer.

4. Lundi 15 janvier

Le boyau fait environ un mètre soixante de hauteur sur un mètre de largeur et il descend en pente douce sur trois ou quatre mètres. Là, un éboulis condamne le passage. Dee suppose qu'il s'agit d'une ancienne mine. Au fond, des mouchoirs en papier épars laissent penser que l'usage actuel de l'endroit consiste plutôt à servir de toilettes de secours.

Le coin est retiré. Personne à l'horizon. Cette fois, le tonneau montre ses avantages. Il roule tout seul jusqu'au fond de la galerie, où il s'immobilise avec une secousse. La valise le rejoint en vol plané.

Dans la galerie, les étançons qui subsistent ont l'air fatigués. Elle les relie au moyen du câble de remorquage qu'elle a trouvé dans la Range avant de fixer le mousqueton à l'anneau prévu pour ça sous le pare-choc.

Pour la première fois, les quatre roues motrices vont servir à quelque chose. Dee démarre en douceur. Le câble se tend. D'abord, rien ne se passe, puis un craquement sourd annonce qu'un des madriers a abandonné la lutte. Les autres suivent sur-le-champ et tout s'écroule dans un épais nuage de poussière qui masque brièvement l'entrée de la mine.

Elle avance encore de quelques mètres pour extraire le câble des gravats, puis elle sort constater les résultats. C'est absolument parfait : la galerie n'existe plus. À la place de l'entrée, il y a un éboulement qui l'obstrue complètement.

Même une souris aurait de la peine à se frayer un chemin jusqu'au fond.

À coup sûr, personne ne retrouvera jamais le tonneau et son contenu. Des mauvaises herbes vont bientôt pousser sur les décombres et, dans quelques années, on ne se rendra même plus compte qu'il y avait là une entrée de mine.

Le temps de remettre le câble dans le coffre et la jeune femme part pour la seconde étape de l'opération : se débarrasser du 4x4.

Quand la mer est calme, qu'il n'y a pas trop de travaux et que le trafic est fluide, le trajet de Derry à Londres prend onze ou douze heures en prenant la ligne de ferry Dublin–Holyhead puis en descendant sur Londres par la A55 et la M40. Il y a aussi une ligne Dublin–Liverpool, mais la traversée prend bien plus de temps. Par Holyhead, on a le temps d'arriver à la M40 avant même que le ferry de Liverpool ne soit parvenu au port.

C'est Vanessa qui conduit.

Ils ont choisi de partir avec sa Vauxhall Viva parce que les voitures des deux autres ont parfois tendance à tourner sur trois cylindres. La plus pittoresque est clairement la vieille camionnette de Brian parce qu'elle produit en permanence un bruit de nature presque symphonique. D'après Vanessa, la seule pièce du véhicule qui n'émet aucun son en roulant est l'avertisseur.

Une voix étouffée émerge de l'arrière.

— Mais pourquoi tu as choisi un Irish wolfhound comme chien, Brian, ça me dépasse. Ce monstre occupe toute la place, et, quand j'essaye de le pousser, il s'arc-boute et me fixe en prenant une expression sinistre. Tu ne pouvais pas opter pour un loulou de Poméranie ?

Vanessa compatit et propose un arrêt à la prochaine station d'essence.

— Quel temps, rouspète-t-elle en faisant marcher ses essuie-glaces. Au pays de Galles, c'est toujours la même rengaine : crachin, brouillard, averse ; répéter.

— Ce n'est pas vrai qu'il pleut tout le temps, relève Brian. En hiver, il arrive qu'il neige.

— Tu connais Rhod Gilbert, le comédien ? Il dit qu'au moment du Déluge, il a plu pendant 40 jours et 40 nuits, mais qu'un temps comme ça, c'est juste un été gallois plutôt réussi.

— Moi, j'aime bien le pays de Galles, proteste Brian. Il y a quelques années, j'ai séjourné une semaine dans un hôtel pas très loin d'ici, et, le premier soir, j'ai demandé s'ils avaient une cible de fléchettes. Ils m'ont dit qu'ils étaient désolés mais que non. Eh bien, le lendemain soir, ils avaient installé une cible.

Au détour d'un pan de brouillard, un panneau de signalisation apparaît, annonçant une station d'essence à un mille. Il est accompagné d'une affiche avec les mots « Petit déjeuner à toute heure » et la photo d'une assiette remplie à ras bord de bacon, de saucisses, d'œufs au miroir, de champignons et de haricots blancs à la sauce tomate, le tout sur un double toast. Pas moyen de faire plus roboratif.

Il y a une place de parc vide juste devant la porte, ce qui tombe bien vu que la bruine vient de se muer en averse.

— William, mais qu'est-ce que tu fabriques sous ce chien ? s'étonne Vanessa. Extrais-toi de là, ils ont un petit déj comme tu les aimes.

Le restoroute est presque vide et le chien peut s'étaler à côté de la table après avoir fait trois tours sur lui-même. Pourquoi les chiens font-ils si souvent ça ? se demande Vanessa.

Elle opte pour un burger vegan. Elle n'est pas végétarienne, mais elle a lu un jour dans le *Daily Mirror* que, dans certains bistrots, la viande hachée tenait de la culture de bactéries, et, depuis, elle évite tout ce que les bactéries préfèrent.

Cela dit, s'ils font le burger vegan avec la même main et le même couteau que le burger normal, ça va lui faire une belle jambe.

En même temps, le panneau vert de la Food Standards Agency qui se trouve au-dessus de la porte des cuisines indique 4 comme note d'hygiène. Peut mieux faire mais pas trop mal.

De leur côté, Brian et William se sont décidés pour le petit déjeuner à toute heure.

William louche sur son assiette.

— Ce toast nage dans le saindoux. Il est spongieux. J'aime bien le gras, mais quand même pas à ce point.

Le chien s'assied aussitôt et le regarde d'un œil amical en battant de la queue.

— Dites, reprend William, c'est pas possible, ce chien comprend ce que je dis ? C'est bon, je vais lui donner mon éponge de graillon. J'espère qu'il ne sera pas malade.

— Et le thé ressemble à du café, dit Brian. Il est tellement noir que je ne sais pas quoi penser. Je crois qu'on ne peut pas être sûr que ça n'en est pas.

— Hein ?

— Du café.

Quand ils reprennent la route, Vanessa est fringante mais les autres beaucoup moins. Brian se tient le ventre. Pour William, on ne sait pas trop parce qu'il a de nouveau à moitié disparu sous le chien. Ce dernier se livre à des rafales d'éructations graisseuses.

La M40 se révèle assez chargée mais ça roule bien. Tout en conduisant, Vanessa rêvasse.

— Brian, je voulais te demander, comment se fait-il que tu te sois lancé dans la fabrication d'explosifs ?

— En fait, j'enseignais la chimie au Lumen Christi College, et, l'année passée, quand j'ai quitté le bahut, Helena m'a dit que j'étais la personne qu'il fallait. J'ai commencé avec du fulmicoton parce que c'est tellement facile à fabriquer : dans un récipient, tu mets un tiers d'acide nitrique et deux tiers d'acide sulfurique, et dedans tu trempes une pièce de coton bien propre : de l'ouate, un chiffon, ce que tu veux. Tu attends quelques heures, tu retires le coton, tu le laves bien dans l'eau froide et tu le laisse sécher sur un radiateur — mais pas trop chaud, sinon ça risque de s'enflammer.

— C'est noté, répond Vanessa, guillerette. La prochaine fois que je fabrique du fulmicoton, je le sèche pas trop chaud.

Ils passent devant Birmingham, puis Oxford, mais leur estomac continue de manifester sa désapprobation. Les recettes de cuisine de la cafétéria ne constituent décidément pas un exemple à suivre. De plus, tout le monde a froid parce qu'il a fallu laisser les fenêtres entrouvertes à cause des rots du chien.

— J'ai mal au cœur, se plaint William. Je crois que c'est le petit déjeuner à toute heure qui a de la peine à passer.

— On est presque arrivés, répond Vanessa. On traverse Greenford en ce moment. O'Neill habite dans un quartier d'Ealing appelé Montpelier.

— Il nous attend à partir de 14 heures, rappelle Brian. Il m'a dit qu'on a les mains libres, la police a retiré ce matin les rubans de balisage qui interdisaient l'accès aux lieux. Notre histoire d'explosif ne lui plaît pas du tout, et je crois qu'il ne demande pas mieux qu'on l'en débarrasse.

— Comment fait-on ? demande Vanessa.

— Avec l'incendie, les planchers sont recouverts d'une gadoue de cendre détrempée. Je propose donc qu'on commence par les extérieurs et qu'on fasse deux équipes, une qui fouille le jardin et une qui inspecte le garage et la remise au fond de la propriété. Jack O'Neill et Vanessa pourraient se charger du garage et du cabanon, et William et moi du jardin.

— Le jardin ? Avec les pompiers qui ont dû tout piétiner, ça ne sera pas très facile de trouver quelque chose, laisse tomber William.

— Il paraît qu'il y a une terrasse dallée et que le chemin qui mène au sentier de derrière est également fait de plaques de béton. Si je devais dissimuler un assez gros paquet, je crois que ma première idée consisterait à en soulever une, à creuser une cache dessous et à y placer le C-4. On pourrait commencer par là. Ensuite, il y a le tour des arbustes et des parterres de fleurs.

Ils trouvent Jack O'Neill devant son garage en train d'observer les ouvriers condamner les fenêtres cassées avec des plaques d'aggloméré. La porte d'entrée a été démolie par les pompiers et elle est également remplacée par un épais panneau de particules. Un gros cadenas en laiton fait office de serrure.

Brian veut lui expliquer de quelle façon ils proposent de s'y prendre mais ça ne l'intéresse pas.

— Faites comme vous voulez mais ramassez-moi cette saleté au plus vite.

William regarde autour de lui avec admiration.

— Magnifique, ce jardin, avec toutes ces plantations ! Vous vous rendez compte, pour jouer à cache-cache ! Quand je pense qu'il n'y avait que deux cachettes dans celui de mes parents.

La curiosité de Vanessa est soulevée.

— Lesquelles ? demande-t-elle.

— Derrière le bac à charbon, et dans le bac à charbon.

Il y a près de deux cents dalles à retourner et l'ardeur de l'équipe du jardin s'amenuise au fur et à mesure des meurtrissures aux doigts et de l'inépuisable virginité des carrés de terre sableuse qu'ils mettent au jour.

L'entrain de l'équipe du garage suit la même pente. Il y a des traînées de graisse ou d'huile dans les coins les plus insolites et, là où il n'y en a pas, il y a des toiles d'araignées.

Quant au chien, il ne comprend goutte à ce qui se passe, mais toute cette agitation l'enchante et il va de droite et de gauche en battant de la queue. Comme il ne fait que se mettre dans les jambes de tout le monde, Brian décide de le ramener dans la voiture.

— J'ai vu plus de cloportes en une heure que dans ma vie entière, bougonne William.

— Et notre chance va au-delà de la découverte de la faune locale, note Brian. En fin de compte, non seulement les pompiers n'ont pas tout labouré en marchant autour de la maison, mais le ciel est d'azur et il fait presque doux.

Après deux heures de recherches, tout le monde est couvert de terre et de poussière. Le C-4 reste invisible.

— Si Kevin a voulu bien faire, il a pu soulever une motte de gazon, creuser dessous pour déposer le paquet et prendre le temps de remettre la motte avec assez de soin pour qu'on ne puisse rien deviner, grogne William. On ne va tout de même pas retourner toute la pelouse ?

— Si je voulais mettre quelque chose à l'abri des regards, j'éviterais de le faire en bêchant un bout de gazon. Si un voisin jetait un œil par dessus la clôture, il risquerait de se poser des questions, déclare Vanessa. Dans ces banlieues pavillonnaires, tout le monde épie tout le monde.

Non, j'agirais à couvert, là où personne ne peut me voir, dans le garage ou la remise. Ou dans la maison, bien sûr, mais, dans ce cas, on ne retrouvera peut-être rien.

Jack, désœuvré, la rejoint dans la cahute du jardin et se lance dans de vagues recherches, mais il louche sur Vanessa, ce qui ne plaît pas plus que ça à la jeune femme. Histoire de mettre les choses au point, elle s'exclame que c'est marrant, Jack a la même tondeuse que son copain.

— Ah, vous avez un copain ?

— Oui, il s'appelle Leo.

Apparemment, ça décourage quelque peu Jack O'Neill. Son attention semble retourner à la chasse au C-4.

En explorant un recoin, la jeune femme s'arrête brusquement.

— Je n'en reviens pas, j'ai trouvé un fusil mitrailleur derrière les bêches ! Et il y a aussi un pistolet. Jack, qu'est-ce que vous faites avec ça ?

— Comment ? Un fusil et un pistolet ? Je ne possède aucune arme, proteste O'Neill. Mon frère a dû les amener avec lui la semaine passée et les cacher là.

— Quand il vient vous dire bonjour, il n'apporte pas plutôt une bouteille de whisky ou une plante en pot ?

— Peut-être qu'il avait un rendez-vous avec un client potentiel et qu'il voulait lui présenter la marchandise ?

— Il faut que je montre ça à William et Brian.

À la seconde où elle sort de la remise en s'amusant à braquer belliqueusement le fusil devant elle, une silhouette massive en marron surgit à quelques mètres et plonge la main dans les profondeurs de ses vêtements, d'où elle extrait non sans difficulté un pistolet d'une longueur interminable.

Vanessa a à peine compris ce qu'elle voit qu'elle se jette au sol. En même temps, trois claquements secs retentissent.

Dans le pavillon de Crouch End, les deux bergers allemands manifestent leur indifférence en somnolant pendant que leur maître passe un savon à Price et Mitchell.

— Bon, vous avez décidé d'aller chez O'Neill pour jeter un coup d'œil et vous avez vu sa voiture garée devant. Alors vous avez décidé de vous approcher. Mais pourquoi est-ce que vous êtes entrés par le fond de la propriété ?

— On s'est dit que ça ne pouvait pas faire de mal de lui rendre une visite surprise, histoire de le stresser un peu, lâche Mitchell.

Price opine du chef.

— OK. Mais quand vous avez passé le portail, une femme s'est jetée hors d'une cabane à outils en vous visant avec une arme ?

— Oui, reprend Mitchell. Je l'ai bien vue, un fusil d'assaut, le genre de truc à traverser de part en part le type qui se trouve du mauvais côté du canon. Et aussi le type qui est derrière. Une vraie mitrailleuse portative. Ces munitions de guerre, ça vous tue toute une enfilade de mecs.

— Oui, oui, j'ai compris. Mais vous avez l'air intacts, tous les deux.

— La bonne femme n'a pas eu le temps de faire feu. J'ai réussi à sortir mon pistolet et j'ai tiré trois fois. Elle est tombée et je crois qu'un gars derrière elle a pris la dernière balle. Je crois que c'était ce O'Neill.

— Et ?

— On n'a pas pris le temps d'établir le bilan des morts et des blessés. On s'est tirés en quatrième vitesse.

— Bravo. Une fusillade dans un quartier bourgeois d'Ealing, joli travail, tout en discrétion.

— Non, j'avais mon Glock, vous savez, celui avec le nouveau silencieux.

— Et alors ?

— Le bruit de la décharge fait penser à un coup de marteau contre une poutre ; genre, un tout petit marteau contre une poutre vraiment grosse, voyez. Personne ne peut deviner de quoi il s'agit, en tout cas pas les paroissiens du coin.

— Un tout petit marteau et une grosse poutre ? Vous avez raté votre vocation, Mitchell. Vous avez le sens du comique.

De retour à Montpelier, l'inspecteur White et le sergent Khan cherchent à comprendre ce qui s'est passé pendant que l'ambulance emmène Jack O'Neill à l'hôpital d'Ealing.

— Bon, je résume, dit White. Vous êtes venus ici depuis l'Irlande du nord pour soutenir Monsieur O'Neill dans son deuil.

— C'est ça, répond William.

— Vous, Madame, vous êtes entrée dans cette cabane avec Monsieur O'Neill pour y prendre une pelle parce que vous vouliez déblayer des débris, et, quand vous êtes ressortie, vous vous êtes trouvée nez à nez avec un gaillard baraqué vêtu d'un manteau brun.

— C'est bien ça, fait Vanessa.

— Vous ne l'aviez jamais vu auparavant.

— Non.

— Sans que vous sachiez pourquoi, il vous a tiré dessus à trois reprises avec une arme de poing qu'il avait sur lui.

— Oui.

— Il vous a raté, mais Monsieur O'Neill vous suivait et il a pris une balle dans l'épaule.

— Oui.

— Sur quoi l'assaillant a pris le large sans s'intéresser au résultat de son tir.

— C'est ça.

— Vous ne savez pas si, en vous tirant dessus, il voulait vous tuer, vous ou Monsieur O'Neill, ou vous blesser, ou juste vous passer l'envie de lui courir après quand il détalerait.

— Exactement.

— Nous avons retrouvé deux projectiles fichés dans le tas de planches au fond du cabanon, relève le sergent Kahn, et le troisième est resté dans l'épaule de la victime.

— Espérons que ça n'est pas trop grave, fait Vanessa.

— Mais il y a quelque chose qui nous contrarie, dans cette affaire, glisse White. C'est l'accumulation des incidents. Un suicide pas prouvé, puis un incendie dont l'aspect involontaire n'est pas prouvé non plus, puis l'incursion sur la propriété d'un inconnu armé, puis des coups de feu qui pourraient constituer en fait une tentative de meurtre. En trois jours, ça fait beaucoup. J'aimerais bien comprendre.

Tout en suivant la conversation, Madiha Khan parcourt distraitement les lieux du regard. Soudain, elle tressaille.

— Mais ces dalles ne sont pas parfaitement en place ? Elles viennent d'être déplacées. Pourquoi cela ?

Un ange passe.

— J'avais caché quelque chose, mais je ne me souvenais plus sous quelle dalle, finit par dire Jack O'Neill.

— Quelque chose comme quoi ?

— Euh, la clé de réserve de mon garage.

Au Pico Bar, Sarah et Amy bavardent devant une bouteille de vinho verde rouge.

— Vous êtes combien, au MI6 ?

— Environ 3 000. Notre siège n'est pas d'une taille bien imposante, mais c'est parce que la grande majorité des gens travaillent à l'extérieur, souvent à l'étranger. Pourquoi, Amy, tu voudrais nous rejoindre ?

— Non, je ne crois pas. Je viens de commencer au contre-espionnage et je suis loin d'avoir fait le tour de mon boulot. Et, si j'ai bien compris tes explications d'hier, le vôtre consiste le plus souvent à vous faire embaucher dans une entreprise intéressante pour la sécurité nationale et à leur carotter des informations en les espionnant en tapinois. Et, à part ça, j'imagine que vous donnez dans le cambriolage indécelable et la pose de logiciels espions sur les ordinateurs et les smartphones ? Tout ça ne me paraît pas très affriolant.

— Oui, en gros c'est ça, à part que les logiciels espions sont le plus souvent installés à distance par les petits génies du Donut. Pour ça, leur méthode préférée est le spear phishing, parce que c'est tout simple, mais ils ont une arme absolue si ça ne marche pas : la prochaine mise à jour de Windows lancée par la cible sera accompagnée d'un cheval de Troie bien caché à l'intérieur. Le Fort et le Donut ont trouvé les mots qu'il fallait pour convaincre Microsoft de travailler main dans la main avec eux.

— Le Donut ? Le Fort ?

— Tu n'as pas encore fait le tour du jargon ? C'est vrai que tu es nouvelle.

— En fait, Sarah, jusqu'ici, je ne me suis occupée que de dossiers de trafic de drogue. Je n'ai encore jamais eu affaire de près ou de loin à d'autres services de renseignement.

— Le Donut, c'est le GCHQ[7]. On l'appelle comme ça à cause de la forme en anneau de leur quartier général à Cheltenham. Et le Fort, c'est le quartier-général de la NSA à Fort Meade, au nord de Washington.

---

7. Avec le MI5 et le MI6, le GCHQ (Government Communications Headquarters) est l'un des trois principaux organismes de renseignement au Royaume-Uni. Il s'occupe de ce qui touche aux télécommunications et aux systèmes électroniques.

— Ah, je vois. J'avais seulement entendu parler du jeu de mots selon lequel le sigle NSA veut dire *No Such Agency*, « cette agence n'existe pas », mais c'est complètement périmé depuis le scandale Snowden. Aujourd'hui, la NSA doit être l'agence de renseignement la plus connue du monde.

Un couple vient s'installer à la table à côté d'elles. Il vaut mieux laisser tomber les sujets confidentiels.

— Et où en sont tes amours ? demande Sarah.

— Oh, il y a des hauts et des bas. Les hauts dans le passé et les bas dans le présent.

— Aïe !

— Et c'est pareil dans mon entourage. Il y a quelques années, toutes mes amies souhaitaient se marier, et, maintenant, elles veulent toutes divorcer.

— Ce qui veut dire que tu as l'intention de sauter ces deux étapes à pieds joints ?

— De fait, je pense à avoir un chat. C'est un peu comme un mari : tu ne l'as pas dans les pattes pendant la journée et il rentre souvent tard le soir.

— Oui, vu comme ça...

— Mais avec l'avantage non négligeable qu'il ne te soûle pas avec le championnat d'Angleterre de football.

— Mais, Amy, à ce compte-là, tu vas finir seule et sans enfants !

— Je touche du bois. Et toi, quoi de neuf ?

— Avec Christopher, on commence à parler de déménagement, de mariage et de bébé. C'est tellement convenu que ça me fait presque peur.

— Qu'est-ce qui te fait peur ? Le déménagement, le mariage ou le bébé ? Ou Christopher ?

— En réalité, rien de tout cela. C'est ma future belle-mère qui me préoccupe. Imagine, c'est le genre de femme qui est tellement fan d'*Amour, gloire et beauté* et des *Feux de l'amour* qu'elle ne répond pas au téléphone pendant la diffusion d'un épisode. Et, parlant de téléphone, elle a encore un appareil fixe sur un guéridon et, tiens-toi bien, elle le cache sous les jupes d'une poupée. Je crois que, dans le temps, on pouvait acheter des poupées faites expressément pour ça. Pas de jambes et beaucoup de robe.

— Elle l'emploie encore ?

— Ça, je n'en sais rien.

Sarah remplit les deux flûtes et fixe un moment du regard les colonnes de bulles qui montent le long du verre.

— Tu te souviens, Amy, je t'ai dit que nous avons réellement l'équivalent de Q au MI6 ? Je t'ai apporté un de ses gadgets, j'ai pensé que ça t'amuserait. Tu vois ce stylo ?

— Oui. Jolie, cette finition brossée.

— Dedans, il y a une fléchette qui contient un petit mélange d'opioïdes, et il est équipé d'un ressort capable d'envoyer la fléchette à plusieurs mètres. On emploie ces stylos pour envoyer discrètement quelqu'un dans le pays des songes. C'est idéal dans une foule. La cible se dit qu'elle a sûrement été piquée par un insecte et cinq ou dix minutes après, elle s'endort comme un bébé.

— Eh bien !

— Nous avons aussi des stylos noirs dont la fléchette contient une toxine.

— Un poison ?

— C'est ça. Un biologiste colombien avec qui notre homme à Bogota a un accord élève une grenouille appelée phyllobate terrible. Elle est toute petite et très jolie, mais son nom dit tout : sa peau contient un poison violent qui agit en une quinzaine de minutes. Paralysie des muscles et arrêt du cœur.

— Autrement dit, ça ne laisse aucune chance à la personne ?

— Aucune. Ces stylos là, je ne peux pas te les montrer. On les garde sous clé et, quand ils sortent de Legoland, leur emploi fait l'objet d'une surveillance étroite. Légalement, on n'a le droit de les utiliser qu'en état de légitime défense, mais tu penses bien que, sur le terrain, on prend parfois des arrangements avec cette règle. En Syrie, un cadre de l'Isis en a été victime — que veux-tu, il nous fallait bien tester le truc — et personne n'a demandé des comptes à l'agent concerné. Ça s'est passé comme toujours dans ce genre de cas, personne n'a posé de questions, personne n'a dit un mot. Un mort ? Quel mort ? Jamais entendu parler.

Amy prend le stylo en main. Elle s'imaginait que ça n'existait que dans les James Bond. Quoique. Elle se souvient brusquement de l'affaire Meshaal, quand une équipe du Mossad a tenté de tuer le type au moyen d'un poison vaporisé dans son oreille. Mais les espions se sont fait prendre et le roi de Jordanie a exigé que les Israéliens fournissent l'antidote. Le patron du Mossad lui-même a dû l'apporter à Amman la queue entre les jambes. Un beau moment de ridicule.

Tout en rêvassant, Amy tourne le stylo dans tous les sens. Soudain, il vibre dans sa main et une femme assise à la table d'à côté tressaille et se frotte la hanche.

— Fichons le camp en vitesse ! souffle Sarah. Tantôt, elle va s'écrouler comme une masse et je n'ai pas envie d'être ici quand ça arrivera.

En se levant, elle fait tomber son paquet de mouchoirs en papier et se baisse pour le ramasser, puis les deux femmes vont payer au comptoir et sortent d'un bon pas.

— Ce n'est pas dangereux, ce produit ? demande Amy.

— Non, non, elle va juste faire un gros dodo. Dès demain il n'y paraîtra plus, à part peut-être des maux de tête, mais ils passeront vite.

— Et la fléchette ? Est-ce que la police ne va pas pouvoir en tirer des renseignements ?

— Rien du tout. Elle est dans mon sac à main. Je l'ai récupérée discrètement par terre.

— Ah, merci !

— Amy, comment est-ce que tu t'y es prise pour déclencher le mécanisme du stylo ? Il y a une sécurité à déverrouiller.

— Je ne sais pas, je l'ai juste un peu tripoté sans faire attention à ce que je faisais.

— À la Box, tu fais bien du travail d'analyse ? Rien d'autre ? Tu ne bouges pas de ton bureau ?

— Oui, c'est bien ça.

— Alors, s'il-te-plaît, tiens-toi à cela. Sur le terrain, tu es dangereuse.

5. Mardi 16 janvier

À Thames House, on n'aime pas tellement les visiteurs. Moins il y en a qui folâtrent dans les couloirs, moins il y a de risques que le vulgum pecus apprenne quelque chose sur l'institution. Lorsqu'une réunion entre services s'organise, c'est une antienne, à la Box : « non, non, ne vous dérangez pas, on vient volontiers chez vous ».

Aussi, au moment où la Met a contacté la Northern Ireland Counter-Terrorism Branch[8] au sujet de l'affaire O'Neill, les gens du MI5 ont aimablement offert de se déplacer à Scotland Yard.

Les policiers ont été ravis de cette proposition. Pour eux, chaque occasion d'échapper aux désagréments des trajets dans Londres est bonne à prendre, et le fait qu'ils se déplacent forcément eux-mêmes alors qu'ils peuvent déléguer à des petites mains l'essentiel des préparatifs des rencontres intra-muros a sans doute quelque chose à voir avec leur goût pour cette seconde solution.

C'est donc dans une salle de Scotland Yard que les gens qui travaillent sur l'affaire se trouvent réunis pour en discuter. Les débats sont animés par l'inspecteur chef Steve Evans, qui dirige le MIT 8, l'équipe à qui l'affaire O'Neill a été confiée.

— À la Met, quand nous avons appris l'incendie de la villa d'un certain Jack O'Neill dans le quartier de Montpelier et la présence d'un cadavre dans les décombres, nous

---

8. Parmi les dix sections du MI5, c'est celle chargée du contre-terrorisme nord-irlandais.

nous sommes immédiatement déplacés sur les lieux, déclare l'inspecteur chef. Il est apparu que le mort était non pas Jack, mais son frère Kevin, ce qui change beaucoup de choses.

— C'est *le* Kevin O'Neill? interrompt un policier assis au premier rang. Le trafiquant d'armes?

— En effet. On a d'abord traité l'affaire comme un suicide probable, mais les faits paraissaient troublants et nos soupçons qu'il y avait anguille sous roche se sont mués en certitude quand une fusillade a eu lieu trois jours après. Un inconnu s'est introduit dans le jardin de Jack O'Neill, a semble-t-il tiré sur une de ses amies, l'a manquée, mais a touché O'Neill qui se trouvait juste derrière elle, avant de déguerpir sans demander son reste. Ce qu'on craint, c'est que ces événements aient un rapport avec une filière de trafic d'armes entre l'Irlande du Nord et l'Angleterre.

— Quelles informations avez-vous à ce sujet? fait un jeune homme maigre dont le ton légèrement condescendant sonne très Oxbridge. Un gobelet de thé à la main, il est assis à côté d'une femme imposante plus âgée que lui d'une dizaine d'années. Ils se trouvent tout au fond de la salle comme s'ils voulaient se faire discrets.

— J'ai oublié de vous présenter Chris Brown, dit Evans à la cantonade, et voici sa collègue Paula Turner. Ils représentent ici le MI5. En deux mots, Chris, nous ne savons pas grand chose. Il y a quelques années que nous surveillons ce O'Neill parce que nous avons reçu des informations en provenance de Belfast au sujet d'un trafic d'armes dans lequel il tremperait jusqu'au cou, mais nous n'avons rien de concret. Et de votre côté?

— Nous n'avons rien d'exploitable, je le crains.

À l'autre extrémité de la salle, l'inspecteur White retient un sourire ironique en entendant ces mots. Il se penche vers le sergent Khan pour lui chuchoter quelques mots à l'oreille.

— Qu'est-ce qu'on parie qu'ils en ont au contraire tout plein, des informations exploitables ? Le problème, avec eux, c'est qu'ils montent des opérations construites comme des mécanismes d'horlogerie et qu'ils refusent systématiquement de nous dire quoi que ce soit parce qu'ils ont peur qu'on mette la pagaille dans leurs fines manœuvres.

— Oui, « occupez-vous de vos camés et de vos psychopathes et laissez-nous assurer la protection de la Nation » sans oublier la majuscule à Nation. J'ai l'impression qu'ils nous considèrent comme des nullards.

— Ils sont ici pour glaner des informations, pas pour en donner. Ne leur dites que le minimum.

— OK, chef.

— Ces pseudo-collaborations nous sont imposées d'en haut. Avec la diminution des budgets, on est censé faire plus avec moins. Alors, quand on se plaint que ça n'est pas possible, les pontes du ministère de l'Intérieur ne jurent que par les synergies entre les services.

— Et vous n'y croyez pas ?

— En tout cas pas avec le MI5. Vouloir collaborer avec eux, c'est comme une dinde qui voterait pour Noël.

Au dernier rang de la salle, la femme du MI5 se penche également vers son acolyte.

— Surtout, ne leur dis rien. Dans leur boulot, ils n'ont affaire qu'à des criminels, et qu'est-ce qu'un criminel ? Un demeuré qui cherche le fric facile et qui trouve la prison. À la Met, ils n'ont aucune idée de l'intelligence des organisations auxquels nous nous heurtons. Si nous leur donnons des informations concrètes, ils s'immisceront dans nos opérations avec la subtilité d'un éléphant dans un magasin de porcelaine et ils les ruineront en moins de temps qu'il n'en faut pour le dire.

Brown s'incline à son tour vers sa voisine.

— Oui, *ne supra crepidam sutor judicaret*, un cordonnier devrait limiter son avis à la chaussure, n'est-ce pas ?

— Chris, ton thé n'est plus très chaud.

— Pardon ? Oui. Non. Pourquoi dis-tu ça ?

— Tu en a renversé sur mon pantalon.

La partie arrière de la maison de Jack O'Neill n'a pratiquement pas été touchée par l'incendie.

— Brian, est-ce que c'est à toi que Jack a donné la clé de la porte de la cuisine ? demande William.

— Oui, et j'ai aussi celle du cadenas de l'entrée de devant. On a le feu vert jusqu'à la fin de la semaine, ils vont le garder quelques jours à l'hôpital. Une blessure par balle, il ne faut pas la mésestimer.

Avant d'entrer, les trois Nord-Irlandais prennent soin d'enfiler des gants. Si la police entreprend de nouvelles recherches, ils ne tiennent pas à ce que leurs empreintes se retrouvent partout.

Ils passent plus d'une heure à fureter dans les pièces et à fourrager dans les débris, mais rien n'y fait. Pas trace du C-4.

Pour monter au premier étage, pas moyen de prendre l'escalier, il a complètement brûlé. Mais Brian a trouvé une échelle contre le mur du garage et il l'a plantée derrière la maison, sous la fenêtre de la chambre d'ami, qui se trouve au premier étage. Il ne lui reste plus qu'à s'introduire dans la pièce par ce chemin, suivi de Vanessa. Ils sont en train de s'orienter quand ils entendent venant de dehors une salve de claquements suivie d'un bruit mou et de ce qui ressemble à un bêlement d'agneau en détresse.

— William ? demande Vanessa en se précipitant à la fenêtre.

— Ça va. Je suis tombé de l'échelle. J'ai glissé en essayant de me tenir à l'appui de la fenêtre. Je me suis fait un peu mal. Le pistolet que Vanessa a trouvé dans la cabane du jardin se trouve dans ma poche arrière et j'ai atterri dessus. Je sens que je vais avoir une sacrée ecchymose. Ne vous occupez pas de moi, j'arrive.

À trois, ils passent tout au crible comme ils l'ont fait en bas, mais en pure perte. Le soir tombe. Toujours pas de C-4.

Découragé, Brian décide de faire le tour du quartier pour sortir son chien et Vanessa l'accompagne. William, lui, continue ses recherches au premier étage avec l'idée d'examiner de plus près les deux armoires du corridor pour voir s'il n'y aurait pas un double fond. Il a le nez au fond du placard quand il perçoit tout à coup un bruissement dans la chambre d'ami.

— Brian ? Ness ?

Un silence pesant lui répond, et ça, ce n'est pas normal. Il extrait tout en douceur le pistolet de sa poche et commence à se couler le long du corridor en tenant son arme des deux mains quand une forme massive s'encadre d'un coup dans la porte en face de lui et qu'il entend le même bruit sec que le jour auparavant dans le jardin. Pas besoin d'un dessin pour comprendre ce qui se passe ; c'est le même silencieux, et derrière il y a sûrement le même type, celui qui n'a pas hésité à faire feu sur Vanessa. William tire aussitôt, puis une deuxième fois, et une troisième. Dans l'espace clos du couloir, le vacarme est assourdissant. La forme vacille et s'affale.

William a l'impression qu'une sirène siffle à l'intérieur de ses oreilles, mais il distingue vaguement en arrière-plan les aboiements du chien de Brian, un bruit de course dehors et le portail qui claque.

En même temps, un tohu-bohu se fait entendre au rez-de-chaussée, puis, au fond du corridor, une tête apparaît prudemment au niveau du sol. On dirait qu'elle est posée sur le plancher. C'est Vanessa, placée là où il y avait l'escalier et juchée sur une chaise de la cuisine.

— William, ça va ? Que se passe-t-il ? On a entendu des coups de feu.

— Un type est apparu devant moi et il m'a tiré dessus, mais je crois qu'il m'a raté.

Il s'examine sous toutes les coutures, mais tout va bien. La balle l'a frôlé mais elle a fini dans la cloison derrière lui. Il le voit au trou bien rond qui signale l'entrée du projectile.

N'empêche, il ne se sent pas très bien. À dix centimètres près, il pourrait tout aussi bien être mort.

— Tu n'as rien ? Tu es blanc comme un linge.

La voix de Brian vient d'en-dessous.

— Ness, qu'est-ce qui est arrivé là-haut ? C'est William qui a tiré ces coups de feu ? Il a tiré sur qui ? Quelqu'un courait dans le jardin, c'est qui ?

Vanessa reprend la parole.

— William, derrière toi, c'est un homme là par terre ? Il est blessé ?

— Je crois bien que je l'ai tué, mais c'était de la légitime défense. Je pense qu'il s'agit du mec qui t'a tiré dessus hier. Son arme faisait le même drôle de bruit.

Vanessa et Brian restent cois, elle toujours perchée sur sa chaise dans le trou que l'escalier occupait avant l'incendie, lui toujours debout derrière elle, et William qui les surplombe depuis le premier étage. Tout le monde réfléchit fébrilement à la situation. Les secondes passent dans un silence de mort.

Une voix s'élève soudain depuis le porche.

— Euh, bonjour. Belle journée aujourd'hui.

William fait un bond en l'air et se fond dans l'ombre derrière lui. Brian sursaute et manque de trébucher sur les restes calcinés de l'escalier avant de fixer le nouvel arrivant d'un œil égaré. Vanessa vacille sur sa chaise, pivote sur place et tente un sourire pas trop contracté. Majestueuse sur son perchoir, elle fait penser à la figure de proue d'un vaisseau du XVIIe siècle.

— Excusez-moi, mon nom est Wayne Henderson, voici ma carte. Je suis envoyé par la société d'assurance de Monsieur O'Neill pour évaluer les dégâts dus à l'incendie de vendredi dernier.

Vanessa se reprend la première.

— Bonjour. Je regrette, mais Monsieur O'Neill n'est pas là. Nous sommes de ses amis.

— Peut-être pourrais-je faire le tour de la propriété pour me faire une idée plus précise du sinistre ?

Des bruits de glissement se font entendre en provenance du haut. L'assureur dirige son regard vers le couloir du premier étage, bien visible par le trou béant de la cage d'escalier.

— Ah, vous faites des rangements ?

L'écho d'un ahanement est suivi de frôlements divers puis du son d'une porte qui claque.

— Oui, nous essayons de nous rendre utiles, lance Vanessa. Vous comprenez, ce pauvre Monsieur O'Neill est accablé par ce qui s'est passé, il a perdu son frère, c'est très malheureux.

— Oui bien sûr, j'en suis navré, compatit l'assureur. Si cela ne vous ennuie pas, vous pourriez me faire visiter ? Il faudrait que j'examine les lieux et que je prenne des photos.

— Oui, bien sûr.

— L'escalier est complètement détruit ? Comment faites-vous pour monter au premier étage ?

— Vous avez s-sûrement un n-no-notebook ? s'interpose Brian. La table de la cuisine a été nettoyée, vous verrez, vous pourrez l'employer pour poser votre matériel. Les chaises aussi sont décrassées. C'est l'endroit parfait pour vous installer, je vais vous montrer, si vous voulez bien me suivre ?

Le chien de Brian est en train de renifler la porte du jardin. Lui aussi a remarqué que quelqu'un courait par là et il sent son odeur. Mais son exploration s'interrompt au son d'une voix inconnue en provenance de la maison. Dressant l'oreille, il décide de venir au galop faire la connaissance de ce nouvel arrivant. Normalement, les wolfhounds se mé-fient des étrangers, mais celui de Brian adopte toujours au contraire une attitude ouverte envers tout le monde. Les avis divergent sur les raisons de ce comportement. Helena penche pour de l'arriération mentale, Vanessa pour un es-prit primesautier et William n'a pas d'opinion.

Une fois à portée, l'animal se dresse sur ses pattes arrières et s'appuie contre les épaules de l'assureur, qui manque de se retrouve par terre. Brian parvient de jus-tesse à saisir son chien par le collier et à le tirer en arrière.

— Toutes mes excuses, dit Brian. Vous ne vous êtes pas fait mal, au moins ?

— Oh, fait l'homme, quelle belle bête. Il est gentil, dites donc. Quelle race est-ce que c'est ?

— C'est un Irish wolfhound. Il s'appelle comme ça parce que ses ancêtres s'employaient pour chasser le loup [9]. En tout cas, c'est ce qu'on croit.

En haut, dans la chambre d'ami, William a les jambes qui flageolent et il s'essuie le visage en tremblant. Le ca-

---

9. Le mot *wolf* signifie « loup » et *hound* « chien courant ».

davre se trouve maintenant sous le lit, enfoui dans un tapis.
Tant qu'il ne vient pas à l'idée de l'assureur de ramper là-
dessous, ça devrait aller.

L'inspection du rez-de-chaussée prend un bon moment.
L'expert veut aller partout, tout scruter et tout photo-
graphier, et il consigne plein de choses dans son logiciel.
Chaque pièce y passe et il trouve même le moyen de consacrer dix bonnes minutes à la cage d'escalier.

Vanessa, qui a ramené la chaise à la cuisine, le regarde
travailler en se demandant ce qu'il peut bien trouver à
noter. Elle, elle se serait arrêtée à « dans le corridor, tout
est bon pour la poubelle ».

Une fois les dommages du rez-de-chaussée dûment en-
registrés dans son logiciel, il porte son attention sur Vanessa et prend l'air enthousiaste qu'il juge propre à donner
l'impression qu'il déborde d'énergie (c'est important dans
le métier d'assureur). Vanessa trouve plutôt qu'il a l'air
ballot.

— Il y a beaucoup de dégâts, mais, heureusement, Monsieur O'Neill a conclu une bonne assurance. Et vous, Madame, est-ce que vous êtes bien assurée ? Je peux vous présenter nos solutions, cela bien entendu sans engagement.

— J'ai tout ce qu'il me faut, merci.

— Vous avez moins de trente ans ? Nous avons une
offre spéciale pour les jeunes. Elle est très complète, elle
englobe une assurance habitation, responsabilité civile et
automobile, le tout pour un prix spécial jeunes. Pour vous,
les trois premiers mois sont offerts !

— Non, merci.

— Vous avez des enfants ?

Ça y est, se dit Vanessa in petto. Il me branche sur
ma famille pour mettre mon cerveau en mode amical et
il s'imagine que je vais le voir à travers des lunettes roses.

C'est pas possible, il a appris par cœur ce bouquin ringuard de Dale Carnegie, comment s'appelle-t-il déjà, *Comment se faire des amis* ?

— J'ai tout ce qu'il me faut, merci, répète-t-elle.

Il renonce au moins momentanément et jette un regard autour de lui, mais Brian a disparu. En voyant le tour que prenait la conversation, il a préféré se livrer à une retraite opportuniste jusque dans la cuisine.

— Bien, bien, fait l'assureur. Et pour monter, comment le monsieur qui fait les rangements en haut a-t-il fait ?

Brian blêmit et revient au galop.

— Il a utilisé une échelle, mais, attention, elle est dangereuse. Il vaudrait mieux que vous renonciez. Vous pourriez revenir une autre fois, peut-être ?

À ces mots, William, qui est toujours en haut, surgit au bord du trou de l'escalier. Les trois autres lèvent les yeux vers lui.

— Non, non, pas de problème. Sortez de la maison par derrière et venez par la fenêtre de la chambre d'ami, je tiendrai l'échelle depuis en haut.

— J'ai une bonne assurance accidents, rigole l'assureur qui ne voudrait pas manquer l'occasion de faire un bon mot.

— Tu as pu tout ranger, William ? intervient Brian. Tout ?

— Oui, è *tutto a posto*, tout est en ordre, réplique William, qui fréquente beaucoup la Pizzeria da Elio au bout de sa rue, une gargote où toutes les questions du patron à l'un ou l'autre de ses serveurs entraînent invariablement cette réponse.

Dans la chambre d'ami, il y a des traînées noires sur le sol qui continuent jusque sous le lit. L'assureur extrait sa lampe torche de sa poche et l'allume.

— Ah ça c'est curieux ! Vous voyez ces traces ? Où est-ce qu'elles vont ? Tiens, il y a une carpette sous le lit. C'est étrange, il y a des marques de brûlure sur le tissu. Pourtant, cette pièce a été épargnée par le feu, les flammes ne l'ont pas atteinte, n'est-ce pas ?

Le faisceau de la torche s'attarde sur une extrémité du tapis, puis sur l'autre, puis de nouveau sur la première. La figure de William se fripe un peu plus à chaque seconde.

Vanessa saisit aussitôt ce qui se passe et fait des signaux désespérés à Brian qui ne sait pas quoi faire et ouvre des yeux ronds en signe d'impuissance.

— Mais il s'agit d'un vulgaire synthétique, finit par lâcher le visiteur. On ne va pas se salir pour vérifier de près qu'un tapis aussi visiblement irrécupérable l'est bel et bien, n'est-ce pas ?

— Non, non. Bien sûr que non, convient William d'une voix tremblotante. Tout à fait. Cela va de soi.

— Absolument, chevrote Brian à son tour.

— Mais, mon Dieu, vous avez l'air effondrés ? Je suis vraiment désolé de vous avoir dérangés dans un moment aussi difficile pour vous, et je tiens à vous exprimer encore toute ma sympathie pour la perte de votre ami. Mais vous savez bien, les assureurs ont besoin de données pour calculer les indemnités correctes à verser à leurs clients. C'est un mal nécessaire, n'est-ce pas ? Retournons en bas, j'ai toutes les informations qu'il me faut. Il ne me reste plus qu'à vous remercier vivement de votre disponibilité et à prendre congé.

Au commissariat de Walworth, l'inspecteur Baker et le sergent Short discutent de l'affaire du Pico Bar.

Short se gratte la tête.

— La victime travaille au service de la comptabilité du grand magasin John Lewis d'Oxford Street. Mariée, deux enfants, une vie parfaitement quelconque. Ce repas avec son époux était prévu pour fêter leur anniversaire de mariage. Rien que de très commun.

— Qui a bien pu vouloir la mettre hors circuit pour quelques heures ? Et dans quel but ? Est-ce que ça pourrait être une tentative de meurtre ?

— À en croire le toubib, ça paraît peu vraisemblable. Il m'a informé que les produits utilisés sont normalement sans danger. D'ailleurs, la victime est encore un peu vaseuse mais elle devrait être complètement remise d'ici à demain.

— Et la seringue ?

— On ne l'a pas et on se demande comment l'auteur de l'agression s'y est pris. Ni la victime ni son mari n'ont rien remarqué. Ils affirment que personne ne s'est approché de leur table, à part le serveur, évidemment. Quoi qu'il en soit, l'agresseur a apparemment emporté sa seringue avec lui. On ne l'a pas retrouvée sur place.

— Un rapport entre l'incident et le travail de la victime ?

— Rien a priori. John Lewis est une banale coopérative de commerce de détail. À cause de cet incident, ils se sont passés des services de la victime aujourd'hui, mais ça n'a aucune conséquence. Elle aura un peu de travail à rattraper ces prochains jours, voilà tout. Le magasin n'a pas perdu un centime de chiffre d'affaire.

Baker est songeur.

— Quand on a une dent contre quelqu'un, on crève ses pneus, on lui casse la figure, on met le feu à sa maison, je ne sais pas, moi, mais l'anesthésier dans un restaurant, on n'a jamais vu ça. Si les événements avaient eu lieu chez elle, ça pourrait s'expliquer par l'envie de voler tout ce qui a de la valeur sans être dérangé, mais au resto ?

— On a vérifié l'hypothèse du vol. Au domicile du couple, l'alarme ne s'est pas déclenchée et il n'y a aucune trace d'effraction qui pourrait montrer que quelqu'un a profité de l'incident pour tenter de s'introduire chez eux. Par ailleurs, les voisins n'ont rien remarqué de suspect. Le mari a contrôlé ses enregistrements de vidéo en circuit fermé et les caméras se sont bien mises en marche deux fois pendant la nuit, mais ce sont des faux positifs. Les seuls mouvements qui apparaissent sur les images sont le fait d'un renard.

— Dans le resto, il y avait des dizaines de clients. On ne va pas lancer à grands frais une enquête sur tous ces gens juste pour essayer de trouver la personne qui a expédié cette femme au pays des rêves. Notre budget est serré, pas question de le galvauder.

— Le toubib m'a dit qu'il s'agissait de molécules qu'on ne se procure pas très facilement et que la préparation du produit impliquait des connaissances solides en pharmacologie. On pourrait voir qui aurait ces compétences parmi les clients du resto ? Un médecin ou un pharmacien ? Ou peut-être un biologiste ?

— Voyez ça, mais n'y consacrez pas trop de temps. Si quelqu'un est assez ingénieux pour concocter une macédoine de somnifères qui sort de l'ordinaire, il n'est sûrement pas idiot au point d'agir comme il l'a fait tout en sachant qu'il risque d'être le seul professionnel de ce genre de choses dans la salle. Cela reviendrait presque à porter un t-shirt avec « c'est moi » écrit dessus.

— Évidemment.

— Je parierais que notre délinquant de la piquouse s'est adressé à un spécialiste pour se faire confectionner son mélange et que lui-même n'a pas de savoir-faire en la matière. Non, une enquête a peu de chances d'aboutir. On ne peut pas gaspiller l'argent du contribuable pour une affaire qui se résume en définitive à une bonne sieste involontaire. Pour autant qu'on sache, il n'y a pas d'autres conséquences.

En son for intérieur, Baker estime qu'il y a plus important que la sauvegarde des intérêts du contribuable ; il y a aussi le fait qu'il vaut mieux éviter de se faire remarquer quand on a pour but dans la vie de grimper le plus haut possible dans la hiérarchie. S'il y a une chose que la direction déteste encore plus qu'un policier qui n'arrive pas à grand chose tout en respectant le budget, c'est bien un policier qui a la main lourde sur les dépenses.

— On a passé en revue les tables les plus proches de celle de la victime et rien n'est apparu, note Short. Parmi les gens présents, personne n'est connu de nos services. La victime elle-même ne peut pas nous aider. Elle a pris la piqure dans la hanche et elle n'a presque rien senti, si bien qu'elle n'a pas compris ce qui se passait et qu'elle n'a pas pensé à regarder autour d'elle. Au premier abord, on a conçu des soupçons à propos de deux femmes qui ont quitté les lieux quelques minutes avant que la comptable pique du nez sur la table, mais on a découvert qu'elles sont toutes les deux fonctionnaires, l'une au ministère de l'Intérieur et l'autre aux Affaires étrangères.

— Des secrétaires ?

— Je ne crois pas. Ce sont des habituées du Pico Bar, qui n'est pas une cantine bon marché, et elles vivent à Chelsea dans une rue élégante. Elles doivent occuper des postes plutôt élevés, mais on n'a pas réussi à déterrer grand chose à leur sujet.

Baker fait la grimace. Des femmes qui occupent des postes du genre discret dans des ministères importants ? Évitons de faire des vagues en haut lieu.

— Ne gaspillons pas l'argent du contribuable en suivant des pistes délirantes, fait-il à haute voix. Nos hauts fonctionnaires ne sont pas des docteurs Fu Manchu. Je pense qu'ils ont autre chose à faire qu'à endormir les comptables de John Lewis avec des seringues hypodermiques.

Le garage se trouve dans l'un de ces ex-entrepôts décrépits qui datent de l'époque de l'Empire et qu'on trouve encore dans la banlieue de Londres. Il est encombré de véhicules qui ont pour la plupart l'air bons pour la casse, y compris une antique Reliant Regal à trois roues. Dee la contemple avec un grain de nostalgie. Elle est identique à celle que possédaient ses grands-parents dans les années 1970. Malgré ses couleurs passées, on distingue encore le bleu pâle de la carrosserie et le blanc du toit.

Il règne une odeur de graisse et de pétrole si forte que la jeune femme en a des haut-le-cœur. Trois ou quatre mécaniciens travaillent à on ne sait trop quoi. Ils portent des combinaisons qui devaient être bleues à l'origine mais qui sont devenues noires de graisse. Là où ils opèrent, il fait si sombre qu'elle se demande comment ils voient ce qu'ils font.

L'un d'eux se penche tellement en avant dans le compartiment du moteur qu'il donne l'impression de tenter une figure de natation artistique, celle où les nageuses ont la tête en bas et les jambes hors de l'eau. À l'entendre jurer, il a des problèmes. Dee est tentée de lui suggérer d'essayer par le dessous.

Le patron ressemble beaucoup au footballeur Wayne Rooney, version sans cheveux, et il pousse une tête de bouledogue aigri.

Jusqu'ici, l'opération Joshua s'est déroulée comme sur des roulettes et Dee se sent d'humeur prodigue.

— Le 4x4, je vous le fais gratis pour autant que vous me garantissiez qu'il va partir loin d'ici.

— Ça oui. Russie, Bélarus, par là. Il quitte le pays aujourd'hui même. Vous êtes sûre qu'il n'est pas déclaré volé ? Ça me simplifie les choses s'il ne l'est pas.

— Sûre et certaine. Pour l'instant, personne ne peut avoir remarqué sa disparition, pas même son propriétaire, et ça va rester comme ça au moins quelques jours.

— Et pourquoi vous me le donnez ? Vous y gagnez quoi ?

— J'ai mes raisons, c'est trop compliqué à expliquer.

— Ouais. En fait, c'est égal. Moins j'en sais, mieux je me porte. Sauf qu'il ne faudrait pas qu'un contrôle de flics tourne mal.

— Ne vous en faites pas. Même s'il y a un contrôle, tous les signaux seront au vert. Cette auto passera comme dans un fauteuil. Pareil à la frontière à Douvres.

Deux hommes entreprennent de faire entrer le véhicule dans la remorque d'un petit camion. L'un est au volant du 4x4 et l'autre joue au sémaphore pour le guider depuis l'arrière. Dee les regarde faire du coin de l'œil. Ça passe de justesse. Comment le conducteur va-t-il faire pour ressortir ? À tout casser, il y a à peine une dizaine de centimètres de chaque côté.

— Vos fausses plaques, je vous les donne ? demande le garagiste.

— Je n'en veux pas, faites-les disparaître. Je n'emploie jamais deux fois les mêmes.

— Ça marche.

— Ah, voilà mon taxi qui arrive, je m'en vais. Je vous téléphonerai demain en fin d'après-midi pour voir si tout est OK.

Price a l'oreille basse. Chez O'Neill, les choses n'auraient pas pu se passer plus mal.

— C'est Mitchell qui avait le Glock. Moi, je n'avais que mon couteau papillon. Le gars en face, lui, il avait un pistolet ou un fusil, et en plus une bête grise monstrueuse a déboulé à fond de train. J'ai eu juste le temps de m'échapper par derrière. Elle était deux fois plus grosse que vos clébards.

Parietti hoche la tête.

— Des hommes comme vous deux, c'est un don du ciel. Et Mitchell, il est où ? Est-ce qu'il est blessé ? Mort ? Et le type qui a tiré sur lui ? Mitchell l'a atteint ? La seule chose que vous savez, si je comprends bien, c'est que le chien est de belle taille et que lui se porte bien, merci.

— Du côté de Mitchell, il y a eu un seul clac du silencieux, suivi en face de trois coups de feu rapprochés. Ça ne sent pas bon du tout. Mais la bonne nouvelle, c'est que, normalement, la police ne fera pas le lien avec nous. Officiellement, Mitchell n'habite pas à Londres. Il est cencé crêcher dans un logement social d'une banlieue pourrie de Wolvo.

— Me voilà soulagé.

— Ce qui est embêtant, c'est qu'on n'a plus son super silencieux — il est fantastique ce truc, un peu encombrant mais je n'ai jamais rien vu, enfin, entendu, d'aussi efficace.

— Eh bien, ces bonnes paroles feront office d'homélie funèbre pour Mitchell s'il est mort.

— Aumilie funèbre ?

— Laissez tomber. Vous allez retourner là-bas en vitesse en vous tenant à bonne distance. Il fait nuit, ce qui complique les choses, mais, demain, il sera trop tard. Faites-vous tout petit et observez. Ambulance, voitures de flics, aller et venue des gens, notez chaque événement. Tout peut nous aider à comprendre ce qui se passe.

— Oui, boss. J'ai des jumelles dans ma voiture, ça me sera peut-être utile.

— Ah, oui, et renseignez-vous aussi sur la race de ce chien monstrueux.

— Ah bon ?

— Je plaisante, imbécile.

Pour une fois, l'inspecteur White rentre tôt chez lui. Dans cette affaire O'Neill, il a l'impression de pédaler dans la semoule et rien d'autre dans son travail ne nécessite qu'il s'attarde à son bureau.

Il trouve son épouse en train d'apprêter un appétissant crumble aux pommes. Les ingrédients pour la crème anglaise chaude qui va l'accompagner sont tout préparés, y compris une vraie gousse de vanille de Madagascar qui parfume toute la cuisine.

— Qui dit que la gastronomie britannique n'en vaut pas une autre ? dit-il à sa femme en la prenant dans ses bras.

— Il y a quand même des choses à dire, sourit-elle. En Écosse, le haggis, la panse de brebis farcie, il fallait oser, surtout que, à l'intérieur de l'estomac de la pauvre bête, ce qu'on met, ce sont des abats. Pour moi, la principale qualité du haggis, c'est que, traditionnellement, on boit du whisky avec. Ça fait passer la panse.

— Tu te souviens de nos dernières vacances dans l'Esterel, sur la Côte d'Azur ? En chemin, on s'est arrêtés à Lyon et on a essayé les andouillettes. Eh bien je pense que le type qui les a inventées s'est inspiré du haggis. Ou peut-être est-ce l'inverse. En tout cas, le premier Français qui me charrie au sujet du haggis, je lui jette ses andouillettes à la tête.

— Tu sais que beaucoup de touristes des États-Unis se figurent que le haggis est réellement une bestiole qui arpente les escarpements des Highlands ?

— Tu plaisantes ?

— Non, je suis sérieuse. Cela dit, quand on pense que, là-bas, plus de la moitié des protestants sont persuadés que l'espèce humaine et tout le reste ont été créés tels quels il y a quelques milliers d'années d'un claquement de doigt divin, on se dit que le fait qu'ils croient au haggis sauvage n'a rien d'étonnant.

— C'est sérieux, cette histoire ?

— Oui, et ça ne sort pas de la presse de caniveau. Ils l'ont dit à la BBC il y a quelques jours.

— Ah, je comprends maintenant. J'avais déjà entendu dire que nos ancêtres étaient particulièrement friands de lait de diplodocus : une seule traite et on pouvait se baigner dedans. Mais c'est triste, il y a eu des cas de noyade.

— Robert ! C'est malin ! Ces gens ne font pas exprès d'être bêtes.

— Touché.

— Pour revenir aux haggis sauvages, ce sont des animaux tout à fait fascinants. Leurs pattes gauches et leurs pattes droites sont d'une longueur différente. Grâce à cette particularité, ils sont très habiles à courir le long des pentes des montagnes.

— Est-ce qu'on a le droit de les chasser ?

— Enfin, Robert, réfléchis ! Bien sûr. Sinon, comment feraient les auberges écossaises pour en proposer sur leur carte ?

Vanessa, Brian et William sont assis autour de la table de la cuisine de Jack O'Neill et ils oscillent entre nervosité et somnolence. Le problème est qu'ils sont descendus dans le Travelodge qui se trouve près de la station de métro de

Park Royal et que le bruit de la discothèque d'à côté et celui de la circulation sur la A40 les gênent pour dormir. Le trafic ne s'estompe pas à partir de minuit comme chez eux.

À part une odeur entêtante de fumée et de plastique brûlé, la cuisine n'a pas trop souffert. Vanessa a trouvé une pelle dans le garage et a pris l'initiative de nettoyer le carrelage de l'épaisseur de boue de cendres qui le recouvrait.

Sur la table, il y a une bougie qui délivre une pauvre lumière mieux à même d'assurer la discrétion de la réunion que de l'éclairer. Le cadavre de Mitchell a été descendu — en fait, balancé — par le trou de la cage d'escalier. Il se trouve maintenant à leurs pieds, toujours enveloppé dans son tapis. Des cordelettes maintiennent solidement le tout.

William s'est brossé et rebrossé les mains pour faire disparaître les traces de poudre éventuelles et ses vêtements ont fait une pause dans une launderette d'Acton. Juste pour être sûr (qui sait avec ces nouvelles techniques de médecine légale ?), il les a lavés deux fois et il a aussi compté sur la sécheuse pour aspirer les dernières molécules en la mettant à la puissance maximale. Toutes ses pièces d'une livre y sont passées, mais maintenant ses habits paraissent aussi immaculés que des neufs.

Il contemple le tapis d'un œil inquisiteur.

— On dirait un rouleau de viande géant, observe-t-il sans faire montre de plus de finesse que nécessaire.

Brian est préoccupé.

— Tu as eu le réflexe qu'il fallait en cachant le corps à l'arrivée de l'assureur. On était mal partis. Rien ne démontre clairement la légitime défense, on n'a aucun moyen d'expliquer d'où sort le pistolet, on n'a pas de permis de port d'arme et on vient tous d'Irlande du Nord. Avec un bilan comme celui-là, je pense qu'il vaut mieux éviter de contacter la police anglaise.

— Qu'est-ce qu'on fait maintenant ? demande Vanessa.

— On se débarrasse en douce du cadavre, propose William.

— La question est de savoir où et comment.

— Dans le Grand Union Canal ? Il passe tout près d'ici, on en a pour trois minutes en voiture.

— Mauvaise idée, s'exclame Vanessa. Il n'est pas assez profond. Qu'un bateau ou n'importe quoi d'autre s'accroche au corps et on risque de le voir revenir à la surface.

— La Tamise ?

— Mauvaise idée également. Avec les marées, le fleuve se transforme deux fois par jour en un étroit cours d'eau au milieu d'une généreuse étendue de vase. Il faudrait prendre soin de déposer le cadavre à l'endroit le plus profond. Trop hasardeux.

— Il y a à l'ouest et au nord de Londres pas mal de carrières inondées et de puits abandonnés, intervient Brian. Là, pas de bateaux à moteur, pas de marées, pas de courants ; c'est du billard.

— Parfait, reprend Vanessa. Et il fait nuit, le moment est parfait. Prenons le break de Jack, il est plus spacieux que ma brouette et on pourra mettre le chien et le colis ensemble dans le coffre.

— Très bonne idée, fait William, soulagé.

— De plus, c'est pratique, le garage jouxte la cuisine. On va passer par la porte intérieure. On va pouvoir installer le type en toute discrétion.

Price est aux aguets en bas de la rue dans sa voiture, mais, jusqu'ici, il n'a rien vu. Pas de véhicule de police, pas d'ambulance, aucun mouvement. Il ne fait pas chaud, il claque des dents et il s'ennuie à mourir.

Quand enfin il voit passer la voiture devant lui avec dedans trois personnes et un chien (et un cadavre, mais ce dernier passager reste invisible parce que le chien est couché dessus), il se demande où ils vont. Est-ce qu'il faut les suivre ? Non, le boss a dit d'observer la maison. Et il se remet à sa faction et sa morosité.

Au volant, Vanessa prend soin d'observer les limitations. À 22 heures, il y a encore beaucoup de circulation sur la A40, mais le trajet de Montpelier à la vallée de la Colne et son lacis de bassins et de cours d'eau est couvert sans incident en un quart d'heure. Après avoir exploré en tous sens les chemins qui émaillent la vallée, ils finissent par dénicher un coin retiré et obscur à souhait.

Ouvrir le coffre, s'y mettre à deux pour pousser le chien, porter le mort emballé dans son tapis et le pousser à l'eau est l'affaire de trois minutes.

Mais là les choses commencent à dériver au sens propre comme au sens figuré : le paquet flotte et il s'éloigne peu à peu de la rive en oscillant mollement. Nerveuse, Vanessa pouffe de rire.

Brian se fâche.

— C'est pas possible, William, tu n'as pas eu l'idée de le lester avant de le ficeler dans sa carpette ?

— Ben non, et toi, tu y as pensé ?

Brian descend précipitamment dans l'eau et parvient de justesse à attraper l'extrémité du tapis avant qu'il ne gagne une zone trop profonde. Il ne reste plus qu'à le ramener sur la rive.

William est goguenard.

— L'eau est drôlement froide, hein ? Bon, évidemment, on est en janvier.

Le lit de la pièce d'eau est fait d'une épaisse couche de vase et de déchets végétaux, et Brian a la plus grande peine

à extraire ses pieds de la gadoue sans y perdre ses tennis.
À son retour sur la terre ferme, ses jambes sont recouvertes
jusqu'aux genoux d'un crépi verdâtre et nauséabond. Vanessa pouffe de nouveau de rire.

Une fois le colis revenu sur terre, ils le déroulent et
s'égaillent à la recherche de pierres et autres objets lourds.
William, qui a le sens pratique, revient avec la clé de changement de pneus et le cric de la voiture.

Une fois le lest mis en place à l'intérieur du tapis, y
compris la clé et le cric, les cordelettes se révèlent bien sûr
trop courtes et Brian s'escrime pendant un bon moment
sur les nœuds et les liens. Vanessa se mord les lèvres pour
éviter de recommencer à rire.

— À quelque chose malheur est bon, remarque-t-elle.
Brian est déjà mouillé jusqu'au ventre, il va pouvoir redescendre dans l'eau et donner une bonne impulsion au tapis
pour qu'il coule le plus loin possible de la rive.

Dee demeure à Chiswick dans l'une de ces larges rues
qui ne manquent pas de charme avec leurs alignements
de maisons jumelées aux huisseries de toutes les couleurs,
leurs magnolias et leurs cistes fleuris de rose et de blanc.

Elle s'y trouve depuis près de deux ans maintenant et
elle se dit que ce serait une bonne idée de rechercher un
nouveau logis ailleurs dans la banlieue de Londres, ou pourquoi pas, pour changer, dans le Buckinghamshire, assez
près de la M1 et de la M40. Déménager fréquemment fait
partie des à-côtés empoisonnants de son activité. Quand
on ne fait que passer, les gens nous oublient vite, ce qui
se révèle bien pratique quand on souhaite vivre dans la
discrétion.

Un autre point important consiste à faire comme tout
le monde, éviter tout ce qui pourrait attirer l'attention,

que ce soit des vêtements voyants, une voiture un peu trop luxueuse ou un jardin mal entretenu.

Elle se remémore un de ses voisins, quand elle habitait à Northampton, qui avait des pissenlits dans son jardin, ce qui avait suscité des remarques acerbes dans tout le quartier parce que leurs graines se propageaient avec le vent. Ce délit de mauvaises herbes a fait l'unanimité contre lui. Un jour, il a même trouvé un billet carrément grossier scotché sur sa porte. C'est peut-être la goutte qui a fait déborder le vase ; toujours est-il qu'il a déménagé peu après.

Pour Dee, ce déplacement sera son dernier en Angleterre. Après, elle mettra le cap au sud.

Il y a quelques années, elle a décidé de prendre sa retraite à trente ans au plus tard. En fait, elle s'est fixée deux signaux d'alerte.

Le premier dépend des événements. Les policiers savent s'y prendre pour débusquer les auteurs de crimes quand ils font partie de l'entourage de la victime ou quand ils se trouvent dans leurs bases de données, notamment celle de HOLMES [10], mais ils ont beaucoup plus de peine à mettre la main sur ceux qui ne rentrent pas dans ces deux catégories. Tant qu'on ne fait pas partie du paysage, on court peu de risques, et, a contrario, dès qu'on y apparaît ne serait-ce qu'une fois, on évite difficilement de retenir l'attention des enquêteurs.

---

10. Le Home Office Large Major Enquiry System (HOLMES) est un logiciel qui centralise un grand nombre d'informations de diverses provenances et qui permet de croiser ces informations. Par exemple, si les policiers présument que l'auteur d'un crime est un homme entre 20 et 30 ans qui réside dans un rayon de 10 kilomètres autour d'un endroit donné et qui souffre d'asthme, HOLMES est susceptible de donner la liste des personnes qui répondent à ces critères.

Dee a donc décidé de mettre fin à ses activités à la première visite de la police chez elle. Elle sait que la seconde rencontre se révéle trop souvent celle de trop.

Cela dit, elle ne se pense pas menacée. D'une part, personne ne sait quoi que ce soit de ses activités, à part ses clients, qui ont toutes les raisons de se tenir cois. Cela veut dire que le risque d'être dénoncée par quelqu'un est faible. Aucun indic ne la connaît, elle n'a aucun associé susceptible de la balancer, et personne n'est au courant de son nom ou de son adresse. Les emails — chiffrés — qu'elle adresse à ses clients sont juste signés « D ».

Pour tout le monde, y compris sa mère et sa sœur, elle est consultante et travaille comme actuaire, un domaine qui présente l'avantage de paraître abscons et rasoir à la plupart des gens. Rien que le fait de dire à ceux qui lui demandent des détails qu'il s'agit d'employer des méthodes mathématiques pour résoudre des questions d'assurances et de prévoyance sociale suffit à les faire bâiller d'ennui.

Et si par extraordinaire quelqu'un insiste et lui demande de développer, pas de problème, elle prend le ton circonspect d'un avocat d'affaires et glisse qu'elle ne peut malheureusement pas dire grand-chose. C'est un travail où la confidentialité est essentielle, n'est-ce pas ?

D'autre part, sa spécialité de faire passer les décès pour des accidents ou des suicides évite toute enquête approfondie. La police pose quelques questions pour la forme, rédige un rapport de modèle courant à coups de copier-coller et passe à autre chose. Depuis 1961, le suicide ne constitue plus un acte illégal en Angleterre, ce qui veut dire que la police ne s'y intéresse plus de la même manière.

Bien sûr, un imprévu est toujours possible. Aussi, quand Dee ne parvient pas à camoufler la mort de sa victime en accident ou en suicide, elle prend soin de faire disparaître le corps, et ça reste une façon de faire très efficace. Au Royaume-Uni, il n'y a rien de plus banal qu'une disparition ; il s'en produit une toutes les 90 secondes.

Les faits sont d'une belle simplicité : depuis que le secteur public est censé rechercher la rentabilité à l'imitation du secteur privé, la police ne va pas consacrer du temps et de l'argent à rechercher l'auteur d'un crime dont l'existence même est douteuse. Dee sait parfaitement qu'aucun cadre de la Met n'a intérêt à esquinter ses statistiques personnelles en consacrant trop de ressources à une affaire dans laquelle l'enquête risque fort de ne mener nulle part. Aussi affolante qu'une disparition soit pour la famille, elle ne constitue pas une infraction pénale et découvrir à grands frais que le disparu vit dorénavant à Ibiza avec une compagne, ce n'est pas le genre de rapport qui permet à un inspecteur de se faire valoir auprès de ses supérieurs.

L'autre signal, pour sa retraite, c'est la date de son trentième anniversaire. La question est d'éviter de pousser le bouchon trop loin. Ne pas perdre de vue une chose : le fait que les policiers ne lui ont pas encore rendu visite ne signifie pas qu'ils ne commencent pas à renifler quelque chose et à tourner autour d'elle en catimini. D'autre part, plus le temps passe, plus les affaires s'accumulent et plus le risque est élevé. S'il y a bien une maxime pleine de sagesse, c'est celle qui dit que, à force de jouer avec le feu, il faut s'attendre à se brûler.

Or elle aura bientôt vingt-neuf ans. Avant peu, il faudra penser à se mettre en quête d'un joli coin quelque part au bord de la Méditerranée pour y couler une retraite toute de discrétion.

La République turque de Chypre du Nord peut-être ? Elle n'a pas d'existence officielle, ce qui ne manque pas d'attrait pour quelqu'un qui veut faire profil bas. Elle n'a d'ambassade nulle part, n'est reconnue par aucun pays, abstraction faite de la Turquie, et ne fait partie d'aucune organisation internationale, pas même Interpol, qui réunit pourtant quasiment tous les États du monde.

D'un autre côté, son territoire est si exigu qu'on doit s'y sentir très vite à l'étroit. En vacances, les îles ne manquent pas d'agrément, mais y vivre, c'est autre chose.

Alors l'Espagne ? Pourquoi pas tout simplement la Costa del Sol ? Là-bas, il y a plein d'expatriés britanniques et irlandais, elle se fondrait dans la masse.

Il faut voir.

Mais, pour l'instant, elle a des préoccupations plus immédiates. Sur sa table de cuisine trônent dix briques blanchâtres d'une texture un peu molle, genre pâte à modeler. Pour éviter de salir le plateau de chêne ciré, elle les a posées sur une double page du *Sunday Times*. Elles dégagent une légère odeur d'huile de moteur qu'elle reconnaît. Elle a eu une fois l'occasion d'en utiliser, et elle sait de quoi il s'agit. C'est du plastic.

Qu'est-ce que ces explosifs faisaient en plein milieu du corridor de chez O'Neill au fond d'un sac Sport Direct ? Peut-être que le type était pressé d'aller aux toilettes et qu'il a balancé le sac à la va-vite en entrant. Encore heureux qu'elle ait pratiquement trébuché dessus en se tirant, sinon elle n'y aurait pas fait attention.

Quoi qu'il en soit, cette découverte lui plaît énormément. Elle a là une belle puissance de destruction et, cerise sur le gâteau, nul n'est en mesure de savoir qu'elle détient ces dix kilos. Elle est tombée dessus par chance pure, pas une âme n'a pu la voir faire et le type à qui elle les a subtilisés ne risque pas d'aller se plaindre à la police. Cet explosif est tout bonnement intraçable. Il n'a ni vendeur ni acheteur. Le rêve.

Maintenant, il faut qu'elle le planque dans un endroit
sûr. La police a des chiens entraînés à repérer les explosifs
à l'odorat. Il lui faut sortir son appareil à emballage sous
vide de son placard. Voilà un premier moyen simple de
rendre l'explosif plus difficile à détecter.

6. Mercredi 17 janvier

À la Northern Ireland Counter-Terrorism Branch, on a décidé de procéder à une fouille approfondie de la propriété O'Neill et de le faire rapidement — avant que son propriétaire sorte de l'hôpital. Le MI5 flaire une piste : là où il y a trafic d'armes, il y a stockage, et quoi de plus simple, quand on a un frère qui habite dans la banlieue de Londres, que d'entreposer le matériel chez lui ?

La police a bien examiné les lieux il y a cinq jours, mais ils voulaient seulement vérifier que le suicide était bien un suicide. Leur attention était focalisée sur les éléments médico-légaux et non sur le trafic d'armes. Or, pour les gens du MI5, il faut absolument tirer au clair cette histoire de Micro Uzi.

La compacité de ces armes les rend difficiles à manier et, avec l'effet du recul, les coups ont vite tendance à partir dans tous les sens. Pour l'utilisateur, il vaut mieux faire attention à ne pas se tirer par inadvertance une balle dans le pied. Par contre, ce sont de véritables mitraillettes de poche : leur cadence de tir atteint vingt coups par seconde, ce qui les rend très dangereux en intérieur. Dans une station de métro à l'heure de pointe, un terroriste qui en aurait un dans chaque main peut faire plusieurs morts par seconde sans forcer son talent, et, s'il a pris avec lui une réserve de magasins, l'arrosage peut continuer un bon moment.

Le jour vient à peine de se lever quand deux camionnettes blanches se parquent devant la propriété O'Neill.

Sur les côtés, elles portent un grand panneau avec les mots *Tim's Cleaning*, entreprise de nettoyage Tim.

Cinq hommes et une femme en combinaison blanche en débarquent avec tout un attirail de caisses et d'outils. Après la fouille de la police et celle des compagnons de Kevin O'Neill, celle du MI5 donne clairement l'impression de vouloir faire plus et mieux.

Ils ont pris avec eux un détecteur de métal pour les aider à trouver la cache d'armes et il y a aussi un appareil hors de prix qui emploie des ondes radio pour « voir » à travers les cloisons, ce qui permet à son logiciel de produire automatiquement un plan des lieux avec tous les détails. S'il y a un emplacement secret quelque part, il apparaîtra sur l'écran. La femme s'adresse à l'homme qui porte l'engin.

— Les policiers n'en ont pas apporté un avec eux quand ils sont venus ?

— Ça m'étonnerait qu'ils en aient un. Le MI5 a un budget autrement plus confortable que celui de la police. Nous autres, on s'occupe de la sécurité nationale. C'est plus important que les bagarres de rue et la vente de drogue à la sauvette.

L'un de ses collègues apporte une boîte qui ressemble à une mini-cage à oiseaux. Son contenu est insolite : des abeilles.

— Qu'est-ce que tu fais avec ça ? s'étonne la femme.

— On s'en sert pour repérer des explosifs.

— Je connais les chiens renifleurs et les robots à capteurs d'odeurs, mais les abeilles ?

— C'est très simple : pour les entraîner, on les met en présence de Semtex et de C-4 et on leur donne un peu d'eau sucrée. Pour les abeilles, c'est une friandise, alors elles emploient aussitôt leur langue pour la laper. Ensuite, quand elles se retrouvent en présence des mêmes odeurs, elles sortent leur langue automatiquement. C'est le signal qu'on guette. Et, contrairement aux chiens, on n'a pas besoin de leur apprendre à se comporter ainsi. Leur réaction est involontaire, c'est un réflexe.

À la suite de l'incendie, le passage du C-4 dans le corridor de l'entrée n'est plus décelable, mais, garée devant la maison, il y a la voiture de Kevin O'Neill. À l'instant où l'homme aux abeilles ouvre le coffre, les insectes se mettent à tirer la langue.

Après examen, il s'avère que l'explosif a disparu. D'où venait-il, quelle quantité y en avait-il et où s'est-il envolé, mystère.

Le reste du groupe a fait le tour de la propriété et ils terminent par le garage.

— Eh, grogne l'un des hommes, dans ce coin, il y a une énorme araignée avec des pattes velues, et elle se déplace à une sacrée vitesse.

Il prend son pistolet en main.

— Tu vas lui tirer dessus ? interroge sa collègue, intéressée.

— Non, non, c'est pour l'écraser.

Deux heures après, leur visite est terminée.

Ils n'ont pas fait chou blanc. D'abord, ils ont trouvé des traces de sang dans le corridor du premier étage. Les moquettes sont de précieuses alliées des techniciens médico-légaux et plus elles sont épaisses, mieux elles gardent les traces. Ils en ont arraché un petit fragment pour le faire analyser par le labo.

Ensuite, ils ont trouvé une balle fichée dans la cloison à quelques mètres des taches. Elle va partir au labo pour examen, mais, à première vue, elle correspond aux balles de la fusillade de lundi. Elle pourrait sortir de la même arme.

Et puis aussi, ils ont découvert un fusil mitrailleur empaqueté dans une toile de jute et remisé derrière une bêche dans la baraque du jardin.

Le chef de l'équipe est irrité. Cette affaire lui déplaît singulièrement.

— On n'a rien sur ce Jack O'Neill ? On sait que son frère est un trafiquant d'armes et qu'il y a eu des explosifs ici. On a trouvé une arme de guerre, et je passe sur les doutes qu'on peut entretenir à propos du suicide de Kevin O'Neill, de l'incendie, du tireur inconnu et des taches de sang du couloir, et pourtant on n'a aucune info sur lui ? De deux choses l'une, soit Jack est un homme dangereux, et pas qu'un peu, soit c'est le type le plus malchanceux que j'aie jamais rencontré.

Un silence plane, puis l'homme aux abeilles lui répond.

— Il n'y a aucune référence à ce type dans HOLMES. Par contre, on l'a dans notre base de données à nous, mais seulement en tant que frère de Kevin. Lui, je veux dire Kevin, il était l'objet de toute notre attention. Il faisait partie de la Nouvelle IRA. Il fournissait des armes non seulement aux nationalistes d'Irlande du Nord mais aussi à qui en voulait dans les milieux criminels de Londres et des grandes villes du nord.

— On n'a pas grand chose de vraiment utile, autrement dit. À part ça, tout le monde a fini son boulot ? On peut y aller ?

— J'ai posé des caméras et des micros sous l'avant-toit du garage et de la cahute du jardin, signale le technicien, mais, dans la maison et à l'intérieur du garage, j'ai évité. Avec tous les travaux qu'il faudra faire, aucun endroit n'est sûr pour dissimuler mes gadgets. À cause de ça, les lieux ne sont qu'imparfaitement couverts, mais on ne peut rien y faire. Ça n'aurait aucun sens de poser des équipements qui seraient repérés un ou deux jours après par les maçons ou les peintres.

— On a tout remis en ordre, dit la femme, à part, évidemment, le petit morceau de moquette qu'on a prélevé pour l'analyser au labo.

— Bah, reprend le chef, de toute façon, avec l'incendie et le passage des pompiers, de la police et des trois compères de Londonderry, plus rien ne ressemble à rien, ici. Au fait, où sont-ils, les Nord-Irlandais ?

— Ils logent dans un Travelodge qui donne sur la A40, répond le technicien. Apparemment, Jack O'Neill va les rejoindre là-bas quand il sortira de l'hôpital et il y restera jusqu'à la fin des travaux. Il y en a pour un bon moment.

— Soit dit en passant, l'état des taches de sang a montré qu'elles sont postérieures de plusieurs jours à l'incendie, relève la femme. En tenant compte de l'humidité de la moquette, elles datent à vue de nez d'hier ou d'avant-hier. Il faut qu'on avertisse la Met. À moins qu'il n'aient « oublié » de nous faire part des derniers événements, il y a une nouvelle victime, une qu'ils n'ont pas encore prise en compte.

— OK, on plie bagages. On va téléphoner à O'Neill pour lui dire qu'on est venu voir, comme on le lui avait promis, mais qu'on renonce à prendre le nettoyage du chantier parce qu'il dépasse nos capacités. Je veux que notre opération reste propre jusqu'au bout. Personne ne doit se rendre compte que nous ne sommes pas une vraie entreprise de nettoyage.

Jack O'Neill se trouve au Ealing Hospital. Comme la police ne comprend goutte aux événements survenus chez lui, l'inspecteur White a préféré prendre ses précautions et a obtenu que le blessé soit seul dans sa chambre.

Les trois Nord-Irlandais font leur entrée avec l'air compassé et un peu craintif qu'on tend à adopter quand on rend visite à un proche à l'hôpital.

— Comment vas-tu ? demande William. Tiens, on t'a apporté ton téléphone, on l'a trouvé sur le frigo. On a aussi trouvé le chargeur, le voici. Tu es seul dans ta chambre ?

— Il y avait quelqu'un quand je suis arrivé, mais ça n'a duré qu'une heure ou deux. Les médecins craignaient qu'il ne souffre d'un traumatisme crânien mais, en définitive, c'était sans gravité. C'était une histoire d'alcool sur la voie publique. J'ai entendu l'interne qui faisait part à l'infirmière chef de sa perplexité pour l'inscription dans le dossier médical. Finalement, il a décidé de noter qu'il s'agissait d'une chute en tentant d'échapper à deux policiers qui voulaient lui parler.

— Et l'ambiance ?

— Ça va, le personnel de l'hôpital est surmené mais ils parviennent quand même à trouver le temps de bavarder deux minutes. Hier, une infirmière est venue vers moi compléter mon formulaire d'inscription. Pour me changer les idées, elle m'a raconté une histoire à propos de l'hôpital militaire de Headingley au temps de la première guerre mondiale. Elle m'a dit que la dernière question du formulaire d'inscription était la suivante : qu'est-ce que vous aimeriez faire du Kaiser Bill ? C'est comme ça qu'ils appelaient l'empereur Wilhelm II. Une des réponses a été : le remettre aux mains de nos suffragettes. Vous imaginez ? Dans un autre pays, l'administrateur d'hôpital qui placerait une question de ce genre dans un document officiel se ferait sûrement tancer pour cause de bouffonnerie.

L'anecdote plaît à William.

— Aujourd'hui, l'hôpital pourrait demander : qu'est-ce que vous aimeriez faire des terroristes islamistes ?

— Pour le coup, glousse Vanessa, ce serait une idée de
les remettre aux mains de nos suffragettes, ça leur ferait
les pieds. Oh et puis non, on ne peut pas faire ça, ce serait
assimilé à de la torture psychologique et ce genre de choses
est interdit.

— Et vos projets pour aujourd'hui ? s'enquiert O'Neill.
Vous devriez profiter de votre passage à Londres pour faire
un peu de tourisme.

— Des conseils ? demande Brian.

— Vous n'avez jamais vu de sirène, j'imagine ? Allez
au Horniman Museum. C'est sûrement le seul musée du
monde à en exposer une dans ses collections. Il se trouve à
Forest Hill, de l'autre côté de Londres. Et que pensez-vous
d'un automate presque grandeur nature montrant un tigre
en train de régler son compte à un soldat britannique ?
C'est au Victoria & Albert Museum. Vous y verrez aussi
un énorme lustre : il pèse plus d'une tonne et demie. Il a
fallu consolider le plafond avant de l'installer. Il se trouve
dans le hall d'entrée. Il se compose de plus de mille pièces
de verre.

— Je me demande comment ils s'y prennent pour le
nettoyer, s'interroge Vanessa.

L'inspecteur White et le sergent Khan sont de retour à
Montpelier. Ils paraissent plus troublés que jamais.

— C'est une vraie série télé, ici, ronchonne White. Une
balle de plus dans un mur, de nouvelles taches de sang,
qu'est-ce qui va encore nous tomber sur le nez ? Une chose
est sûre, on ne parle plus d'accident ou de suicide, on parle
de crimes, au pluriel. O'Neill est à l'hôpital avec une plaie
par balle et voilà maintenant qu'un inconnu a été blessé au
premier étage par un mystérieux tireur. Il s'agit de nouveau
d'un échange de coups de feu.

— On a téléphoné aux Nord-Irlandais pour les interroger et notre appel les a trouvés dans le V & A.

White se gratte la tête.

— Le Victoria & Albert ? Ils s'intéressent aux arts appliqués ?

— Ils étaient allés dire bonjour à O'Neill à l'hôpital, et il paraît qu'il leur a expliqué que ce musée valait le voyage. On s'y est rendu et on les a découverts qui nous attendaient dans le hall d'entrée, le nez en l'air, en train d'admirer le grand lustre. Ils avaient un air si respectueux et si candide qu'on pouvait presque voir une auréole briller au-dessus de leur tête. On a échantillonné leurs mains et leurs vêtements pour trouver des résidus de tir, mais on n'a rien de probant.

— Mouais. Absence de preuve ne veut pas dire preuve d'absence, comme dit le dicton.

— Et pour la propriété, on refait une inspection ?

— Oui, soupire White, et cette fois il faut qu'on fouille soigneusement les voitures. La Ford blanche appartient à Kevin O'Neill et la petite Vauxhall à la femme de Londonderry.

— Ce qui m'étonne le plus, c'est que le MI5 nous ait immédiatement mis au courant. Je croyais qu'ils se complaisaient dans la rétention d'informations. Secret défense à tout propos et hors de propos.

— Oh, ils n'avaient pas vraiment le choix vu qu'ils nous avaient dit qu'ils se rendaient sur place pour mener leurs propres analyses. Ça aurait fait désordre : « oui, nous sommes passés chez O'Neill mais nous vous avons caché le dernier meurtre (ou la dernière tentative de meurtre) ». On pouvait revenir à n'importe quel moment pour une raison ou une autre et remarquer l'impact de balle ou les taches de sang.

— Je reste quand même un peu songeuse. Ce que j'aimerais bien savoir, c'est s'ils nous ont tout dit. J'ai des doutes.

Un technicien s'approche d'eux.

— On a prélevé à notre tour un fragment du tapis.

— Il ne reste plus qu'à espérer que ce sang appartient à quelqu'un qu'on connaît, ça nous ferait bien avancer, note Khan. Jusqu'ici on n'a guère que du vent.

— Et les traces sur le sol ? demande White.

— Elles vont du corridor jusque sous le lit de la chambre d'ami, répond le technicien. La moquette est en laine mais on a trouvé des fibres synthétiques aux endroits des traces. Il me semble que c'est du polypropylène. L'hypothèse la plus probable, c'est qu'on a traîné un tapis en synthétique sur la moquette. Les traces sont très marquées. Cela laisse penser que quelque chose de lourd se trouvait sur le tapis pendant qu'on le tirait.

— Je vois. Quelque chose d'autre ?

— Oui, en comparant avec les photos qu'on a prises samedi, on a aussi découvert de nouvelles marques en bas, là où se trouvait l'escalier. Ce sont apparemment les mêmes fibres : même couleur, même matière. On le saura avec certitude après analyse.

— Ils ne nous ont rien dit à ce sujet, au MI5.

— Peut-être qu'ils n'ont pas fait attention. C'est Mairead, notre photographe, qui a tiqué en voyant comment ça se présentait là en bas. Il y avait comme un creux dans les débris qui n'existait pas avant. Si elle n'avait pas pris aussi les photos de samedi, on n'aurait sans doute rien remarqué.

— Vous avez mis un chien dessus ?

— Oui, et ça a donné des résultats. Il a reniflé depuis les taches de sang jusqu'à la chambre d'amis, et puis il a retrouvé la piste en bas de l'ex-escalier, et encore dans la cuisine. Après, plus rien. La carpette hypothétique a tout d'une carpette fantôme.

— Du vent et encore du vent, comme vous disiez. Cette affaire est décousue depuis le début et ça va de mal en pis. Cette fois, on a un peu de sang, un tapis volant, des portions de piste, mais pas de victime et pas la moindre idée de l'endroit où il faudrait la chercher ou pour quelle raison elle a été prise pour cible — si elle l'a été. On va suivre la procédure habituelle et commencer par faire le tour des hôpitaux et demander dans tout le voisinage si quelqu'un a remarqué quoi que ce soit d'inhabituel.

White se tourne vers sa collègue.

— Khan, que diriez-vous d'un verre ? Je connais un pub sur Uxbridge Road avec un vrai feu dans une cheminée et un beau choix de real ales.

— Un vrai feu ? Que voulez-vous dire par là ? Qu'est-ce qu'on pourrait mettre d'autre dans une cheminée ?

— Il y a quelques dizaines d'années, la plupart des cheminées étaient condamnées et on trouvait dedans des chauffages électriques qui imitaient un feu de charbon, reflets rouges et fausse fumée compris. Et il arrivait que ce soit payant. Vous mettiez votre pièce, vous tourniez une manette, ça faisait clic, et, peu après, vous aviez droit à deux minutes de chaleur, juste le temps d'être alléché. Et puis ça redevenait froid.

— Vous mettiez quoi comme pièce ? Les voisins de mes parents, qui vont sur leurs quatre-vingt ans, m'ont parlé de l'ancien système de monnaie, celui d'avant 1971, quand il y avait 12 pence dans un shilling et 20 shillings dans une livre.

— Vous oubliez les demi-couronnes, qui valaient 2 shillings et 6 pence, et les guinées, qui valaient 21 shillings, soit une livre et un shilling. Le plus curieux est que les guinées n'existaient pas en réalité — je veux dire qu'il n'y avait pas de billets d'une guinée — mais elles s'employaient souvent dans les factures des endroits huppés parce que le montant paraissait un peu moins élevé. Les avoués les chérissaient aussi, mais je présume que c'était plus pour le classicisme que pour faire passer la pilule de leurs honoraires.

Le technicien intervient.

— Mes canards, votre idée d'un verre, ça me fait penser à un panneau d'information factice que j'ai vu dans le métro il y a quelques années : « Pensée du jour : ce n'est pas pour utiliser un mot technique, mais, du point de vue chimique, l'alcool est une solution ! » Joli, non ?

Mes canards ? s'interroge White. Ce gars doit venir de Northampton. C'est le seul endroit où on appelle comme ça ses collègues de travail.

Dee aime bien Mandy, sa voisine. C'est une vieille dame curieuse comme une pie et on ne peut pas dire qu'elle ait inventé l'eau tiède, mais sa conversation est reposante et sa chienne aussi.

Elles boivent un thé dans la cuisine de Dee, et Mandy contemple le couvert avec ravissement.

— Votre service à thé commémore le mariage du prince William avec Kate, je vois. Quel magnifique cérémonie cela a été !

— Ah, oui, vraiment, approuve Dee en riant sous cape. C'est un cadeau de mes parents.

— Superbe !

— Ils m'ont aussi offert une théière en célébration du Couronnement. Ils l'avaient eux-même reçue d'une de leurs tantes, ou grand-tante, je ne sais plus.

— Magnifique ! Vous faites la collection ?

— Non, pas du tout, mais ma mère la fait pour moi.

— Vous avez aussi un souvenir du mariage du prince Harry ?

— Non, pas de lui, malheureusement.

— C'est moins important, à mon avis. C'est un peu le mouton noir de la famille. Sa renonciation à son statut d'altesse royale, quelle histoire n'est-ce pas ? C'est sûrement son Américaine qui l'a poussé à partir, vous ne croyez pas ? Ça ne s'appelle pas Megxit pour rien. Et pas Harryxit, vous voyez ce que je veux dire ?

— Tout à fait, répond Dee qui a de plus en plus de peine à garder son sérieux.

— Aussi, pourquoi est-il aller chercher une actrice làbas ? Il n'y a pas assez de jolies filles en Angleterre ? Je n'ai rien contre les gens de couleur, vous savez, j'ai même un ami pakistanais, mais quand même. Et une Américaine ! Ils ne sont pas comme nous ces Américains. Je vous fiche mon billet qu'elle n'est même pas anglicane.

Intérieurement, Dee trouve ça très divertissant. Pour elle, catholiques, anglicans et protestants croient tous aux mêmes histoires à quelques détails près. Mais le diable est visiblement dans les détails car ces gens se sont révélés capables de se massacrer les uns les autres, et au sujet de quoi ? Juste de ces détails. C'est comme si les cendrillonnistes qui tiennent pour la pantoufle de vair s'entretuaient avec les cendrillonnistes qui défendent la thèse de la pantoufle de verre.

Mandy, elle, n'a pas quitté le sujet des États-Unis.

— J'y suis allée une fois en vacances, qu'est-ce que leur cuisine est malsaine. Leurs pizzas, on dirait des tartes au fromage spongieuses.

— Oui, les Italiens doivent en faire des cauchemars, conjecture Dee.

— Et leur sirop de maïs ! Sous une forme ou une autre, on en a à tous les repas et même entre les repas. C'est leur ingrédient universel, ils en mettent partout, y compris dans les médicaments, y compris dans la bière.

— Dans la bière ?

— Oui !

— Drôle d'idée.

— Mais le pire, c'est qu'ils n'ont pas de famille royale pour leur donner un peu de rêve.

— Oh, vous savez, la famille royale...

— Ça ne vous intéresse pas tellement ?

— Pas vraiment, non. Si je devais demander un selfie à quelqu'un, je m'adresserais plutôt à Alexander Fleming qu'à la Couronne. Bon, ce serait difficile, vu qu'il est mort, mais vous voyez ce que je veux dire.

— Alexander Fleming ? Ça me dit vaguement quelque chose. Un présentateur à la télé, non ?

— En fait non, c'est l'homme qui a découvert les antibiotiques. Ce que je me demande, c'est qu'est-ce que la famille royale a fait, elle, pour mériter qu'on s'y intéresse ? Si le hasard les avait fait naître dans un logement social de Barking au lieu de Kensington Palace, personne ne les connaîtrait. Le prince William serait gérant du Tesco Express du coin ou conseiller auprès de la clientèle d'une banque quelconque.

Mandy trouve ces propos bien peu respectueux. Après un silence embarrassé, elle opte pour un sujet plus terre à terre.

— Vous n'avez personne dans votre vie, mon chou ?

— Non. Que voulez-vous que je fasse d'un homme ?

— Quelqu'un qui vous tiendrait dans ses bras, qui vous soutiendrait. Quelqu'un de romantique.

— Romantique ? Mon dernier mec a pleuré deux fois pendant qu'on était ensemble.

— Oh, vraiment ?

— Oui, les deux fois que Manchester United s'est fait éjecter prématurément de la Ligue des champions.

Mandy se dit que, cette après-midi, des champs de mines se tapissent décidément partout dans la conversation. Il serait peut-être judicieux de changer à nouveau de sujet.

— Hier soir, à la télé, ils ont passé le *Lac des cygnes* de Tchaïkovski. Vous avez regardé ?

— Non. À vous dire la vérité, je ne suis pas plus fan que ça de femmes-oiseaux.

— Moi, c'était la première fois que je regardais un ballet. Drôle de chose. Pendant deux heures et demie, on voit des types maigres caracoler en tous sens autour de filles efflanquées qui font pareil en se tenant sur la pointe des pieds.

— Mandy, vous ne seriez pas un peu jalouse de leurs formes diaphanes, par hasard ?

— En tout cas, je n'irais jamais acheter un billet pour aller voir un ballet à Covent Garden. Vous vous rendez compte, payer je ne sais combien pour regarder des gens sauter de droite et de gauche ?

Dee se prépare à verser une autre tasse à l'instant où le timbre de sa porte se fait entendre, ce qui manque de lui faire répandre le thé sur la nappe. C'est un inconvénient lié à sa profession : chaque fois que la sonnerie de l'entrée retentit, on tressaute et on ne peut pas s'empêcher de se demander si ce n'est pas la police.

Un coup d'œil à travers ses rideaux lui apprend qu'il s'agit seulement de son voisin d'en face, un certain Gerwin. Cette visite est beaucoup moins redoutable que celle de la police, mais presque aussi déplaisante. Au concours du type le plus chiant, il gagnerait haut la main. En comparaison, même Mike Pence passerait pour un comique.

Malheureusement, la présence de Dee est dénoncée par sa voiture garée devant chez elle. Il ne lui reste donc plus qu'à ouvrir, d'autant que, sinon, elle peut compter qu'il reviendra à la charge toutes les dix minutes aussi long-temps qu'il le faudra. L'inconstance ne fait pas partie de ses défauts.

— Bonjour.

— Votre if, là, il bloque le soleil, il faut que vous vous en débarrassiez.

— Comment ? Quel if ? Ah, le cyprès.

— Comme vous voulez. Il bloque le soleil.

— Attendez, il se trouve dans mon jardin et votre pro-priété est de l'autre côté de la rue. Il y a toute la largeur de la chaussée entre vous.

— Hein ? Entre qui ?

— Entre votre personne et mon cyprès.

— C'est égal, le soir, il bloque le soleil.

— Je crois avoir compris ce que vous voulez dire. J'exa-minerai tous les moyens susceptibles de résoudre le pro-blème. Mais j'abuse de votre temps. L'après-midi avance et l'ombre de mon cyprès va bientôt atteindre votre côté de la rue. Je suis sûre que vous êtes pressé de profiter de ces derniers moments de lumière. Au revoir.

— Eh !...

— Et à votre santé ! Vous donnez dans la bière relevée de gin, c'est ça ? Moitié bière et moitié gin ? Celui à 9,99 livres la bouteille qu'on trouve dans les hard discounts ?

Le problème qu'il va falloir régler, ce n'est pas le cyprès, se dit-elle en lui claquant la porte au nez. Qu'est-ce que les conflits de voisinage peuvent pourrir la vie.

La voix de Mandy se fait entendre derrière elle.

— En fait, je crois qu'il prépare sa boisson comme nous le thé. Nous, c'est quelques gouttes de lait et puis on remplit la tasse de thé. Lui, il prévoit quelques gouttes de bière et le reste, c'est du gin.

Sur le chemin de retour du Victoria & Albert, les Nord-Irlandais sont assis au premier rang de l'impériale du bus 49 en route pour White City. Le lecteur de cartes du véhicule était hors service et le conducteur leur a fait signe d'entrer d'un geste qui voulait dire « oubliez ». Ils profitent donc gratuitement de la balade.

Par rapport au métro, le bus est bien plus lent mais bien plus marrant, et Vanessa et William admirent tranquillement la vue.

Brian, lui, est préoccupé.

— Quelqu'un a vu un type avec une dégaine d'homme des cavernes ?

— Non, pourquoi ? fait William. Tu en as perdu un ?

— Lundi, quand le grand type a décampé en quatrième vitesse après avoir tiré sur Ness, il m'a semblé apercevoir quelqu'un à l'affût sur le chemin derrière les jardins, et ce quelqu'un avait le physique d'un homme préhistorique. Et puis, hier, quand on est partis pour la vallée de la Colne, je crois que je l'ai revu. Il était assis dans une voiture dans la rue.

White et Khan sont confortablement assis au coin du feu au Queen Adelaide, à Shepherd's Bush, en sirotant l'un sa bière et l'autre son jus d'orange.

— Vous êtes avec nous depuis deux mois maintenant, dit l'inspecteur. Vous êtes contente de votre travail ? Tout va bien avec vos collègues ?

— Oui. Au début j'ai dû mettre une ou deux choses au point vu que je pouvais cumuler les plaisanteries sexistes et racistes, mais tout baigne. Ce sont mes frères qui me fatiguent. Chaque fois qu'on se retrouve chez mes parents, ils crient en me voyant « je n'ai rien fait ! ». C'était peut-être drôle la première fois, mais, avec la répétition, la vanne devient vraiment plate.

— Je vois ! Ils se lasseront tôt ou tard.

— Espérons. Et vous ?

— Le truc dont la répétition m'épuise, c'est que, quand je suis passager dans une voiture civile, genre celle de ma femme ou de ma sœur, je me peux pas m'empêcher de dire « clair à gauche ! » à chaque carrefour. Ça sort tout seul. Personne ne fait ça sauf les flics.

— Et encore, seulement quand ils roulent feux et sirènes allumés.

— Sergent, vous n'avez pas besoin de m'enfoncer un peu plus.

Ils contemplent un moment les flammes.

— Sympa, ce pub, remarque Madiha Khan. C'est pas mal, ce nom, Queen Adelaide. Ça change du Red Lion et du Royal Oak. Au fait, ça m'y fait penser : pourquoi est-ce que, au bureau, tout le monde appelle notre imprimante Snow Queen ? Qu'est-ce que la reine des neiges vient faire là ?

— C'est parce que les feuilles en ressortent souvent complètement blanches.

— Ah oui, j'ai remarqué aussi, sourit-elle. Et j'ai une autre question : dans la petite salle à l'entrée de notre service, il y a deux fours à micro-ondes. Un panneau a été scotché au-dessus qui indique qu'il ne faut pas les utiliser les deux en même temps parce que ça fait sauter les fusibles…

— Oui ?
— Alors à quoi ça sert d'avoir deux fours ?

7. Jeudi 18 janvier

Price est de retour chez Parietti. Comme d'habitude, les deux chiens-loups le toisent sans aménité, et, cette fois, leur maître fait de même.

— Donc, Mitchell a disparu sans laisser de traces. Il a peut-être été dévoré par le chien des Baskerville ?

— Le chien des Baskerville ?

— Je veux dire le monstre gris qui a failli vous avoir avant-hier.

— Mais qui sont ces Baskerville ?

— Price, vous devriez un jour essayer de lire quelque chose de plus substantiel que les légendes sous les images du Sun.

— En fait, je lis plutôt l'Evening Standard.

Parietti lève les yeux au ciel et va lancer une réplique acerbe quand la sonnette de l'entrée retentit.

Le visiteur est un homme grand et mince. Physiquement, il pourrait difficilement être plus différent de Price.

— Price, voici Malcolm Featherstonhaugh. Je compte sur lui pour apporter sa finesse d'analyse à l'équipe. Je rappelle que notre fournisseur d'armes numéro un s'est tué dans des circonstances suspectes chez son frère et que, depuis, la scène a été envahie par beaucoup de gens. En particulier, O'Neill a trois visiteurs venus d'Irlande du Nord, et ils passent beaucoup de temps dans sa baraque. J'aimerais bien savoir pour quelle raison.

— OK, mais qui dirige les opérations, Fanshaw ou moi ?

— Au fait, relève le nouveau venu, mon nom se prononce *Fanshaw*, mais ça s'écrit (il épelle) Featherstonhaugh.

— Il appartient à la même famille que la grande actrice, complète Parietti.

Price les regarde d'un œil rond. Il n'a aucune idée de ce dont ils parlent, mais il préfère éviter de poser des questions. Par contre, quelque chose le tracasse.

— Pourquoi est-ce qu'on ne laisse pas tomber le cas O'Neill et qu'on ne change pas juste de fournisseur ?

— Parce qu'on ne sait pas ce qui est arrivé. Il faudrait qu'on s'assure qu'il n'y a pas de rapport entre sa mort et nous. Et qu'on n'apparaît pas quelque part dans ses fichiers.

Parietti se tourne vers Featherstonhaugh.

— L'incursion de Price et Mitchell a eu lieu avant-hier et ils se sont trouvés face à trois individus qui ont tiré sur Mitchell. Deux hommes et une femme. D'après leur accent, Price dit qu'ils viennent d'Irlande. Ce sont apparemment des amis du frère O'Neill, ils avaient les clés de la maison. Hier, Price surveillait les lieux et il a vu une entreprise de nettoyage tout retourner de fond en comble et repartir après un moment. Curieux, n'est-ce pas ? Et moins d'une heure après, les flics sont apparus à leur tour et ils ont tout fouillé à nouveau. Ça aussi, c'est bizarre, non ? La propriété O'Neill a tout d'une ruche, c'est incroyable ce succès mondain.

— Et nous, dans tout ça ?

— Il faut absolument qu'on sache s'il y avait des informations à notre sujet qui traînaient quelque part dans la maison. O'Neill était peut-être assez bête pour tenir une comptabilité de ses opérations dans son ordinateur. Il y a des gens qui s'imaginent qu'un mot de passe suffit à assurer la confidentialité de leurs données.

— Non ? Incroyable ! s'exclame Price, qui pensait justement que son mot de passe le protégeait parfaitement mais qui a compris que c'est cela qu'il faut dire.

Parietti, Featherstonhaugh et les chiens tournent à l'instant la tête vers lui et le considèrent d'un air dubitatif. Sentant que le ton de voix qu'il a employé laisse sceptiques ses deux interlocuteurs, Price opte pour un changement habile de sujet.

— OK, on y va quand ?

Sarah et Amy bavardent autour d'un plat de chinchards frits au Pico Bar. Elles en ont un peu fait leur quartier général parce qu'il se trouve en face du MI6 et à moins d'un quart d'heure à pied du MI5. En plus, la balade depuis Thames House, qui suit la berge de la Tamise, ne manque pas de charme. Et il y a aussi le fait que la cuisine portugaise change agréablement des restos indiens et chinois.

— Andy, une autre bouteille, s'il-vous-plaît, lance Sarah au patron.

— À la Box, dit Amy, c'est quelqu'un que je connais, Laura Turner, qui a été chargée du dossier O'Neill, et elle bénéficie de l'assistance d'un certain Chris Brown. Mais elle m'a rapporté que c'est un petit nouveau qui se prend au sérieux mais qui a tout à apprendre.

— Parfois, une vision fraîche peut apporter quelque chose.

— Laura m'a raconté qu'il se spécialise plutôt dans l'expectatif.

— L'expectatif ?

— Il est attentiste.

— Merci Amy, je sais ce que veut dire expectatif. Je voulais dire : il ne se rend pas très utile ? Il ne fait pas avancer le schmilblick ?

— Apparemment, il se confine pour l'instant dans la superbe observation des événements. Laura le surnomme l'Aigle de la Box.

Comme toutes les fins d'après-midi, Mandy regarde paisiblement la télé au moment où on sonne à la porte. Molly, son épagneul nain, gronde en prenant un air peu engageant.

C'est Gerwin, armé d'une feuille de papier et d'un stylo. Prise au dépourvu, Mandy se lance dans son sujet de conversation inoffensif de prédilection.

— Bonjour Gerwin. Belle journée, n'est-ce pas ?

— Oui.

— Très belle journée, pas un nuage.

— Non.

— On se croirait presque au printemps.

— Oui.

— Vous vous promenez ?

— Non.

Mandy perd un peu pied.

— Voulez-vous entrer ?

Elle n'a pas fini de parler qu'elle s'avise qu'elle est idiote de proposer ça à ce type, mais, par chance, il ne donne pas suite à sa proposition. Il a autre chose en tête.

— Non, je fais le tour du quartier pour faire signer une pétition. Il faut que l'autre voisine, là, je ne sais plus son nom, il faut qu'elle coupe son if. Il fait trop d'ombre.

— Ah, son cyprès, dit Mandy pour gagner deux secondes.

— Ouais.

Derrière, Molly fait entendre un grognement sourd. L'hypocrisie ne fait pas partie de la palette des sentiments qu'elle peut ressentir.

— Molly, tranquille ! Je suis désolée, Gerwin, mais il
ne me dérange pas, cet arbre. Désolée. Au revoir, je suis
vraiment désolée.

Tout en refermant la porte, elle se dit que le quartier
se passerait volontiers de ce casse-pieds. Molly partage apparemment son avis.

Zameena boit un thé dans sa cuisine en écoutant la
radio et Madiha la rejoint.

— Tu te rends compte, Madiha, ils viennent de dire
à la radio qu'un casse-cou s'est jeté en bas des chutes
du Niagara en kayak ! Il voulait faire comme un certain
Jesse Sharp, qui avait tenté la même chose en 1990 avec
un canoë.

— Un *canoë* ?

— Oui ! Et ce Sharp avait fait preuve d'un optimisme
en béton : il avait réservé une table dans un restaurant
quelques kilomètres plus bas et garé son pickup sur le parking de l'établissement avant de se faire amener en haut
des chutes par des amis à lui. Mieux, pour sa tentative,
il n'avait pas mis de casque pour que sa figure soit bien
visible sur les photos prises par ses amis depuis la plate-
forme d'observation du Fer-à-Cheval.

— Il a réussi ?

— Il est mort, évidemment. Ils n'ont jamais retrouvé
son corps.

— Au lieu des chutes, il aurait dû aller voir un psy-
chiatre, dit Madiha sidérée par l'absurdité de l'entreprise.

— Le plus curieux, c'est que, en quelque sorte, il savait
ce qu'il faisait. Il paraît que c'était un canoéiste expérimenté.

— Il aurait mieux fait d'être expérimenté en chute libre.
Et de mieux choisir ses amis. Ils auraient dû l'empêcher de
se lancer dans cette folie.

— Tu peux le dire. À la radio, ils ont dit que la hauteur de la chute d'eau dépasse 50 mètres et que c'est l'équivalent d'un immeuble d'habitation de 17 étages. En parachute, ça paraît un peu juste, mais, en canoë, ça fait vraiment beaucoup.

— Et son successeur d'aujourd'hui ?

— C'était un kayakiste chevronné et il pensait que ça se passerait mieux avec un kayak doté de compartiments étanches.

— Et ?

— Il s'est tué aussi, bien entendu. Mêmes causes, mêmes effets. Pour l'instant, ils n'ont pas retrouvé son corps non plus. Par contre, son kayak a été récupéré en aval ; il flottait toujours.

— En somme, l'idée des compartiments étanches était une bonne solution au mauvais problème. Le point sur lequel le type aurait dû se pencher, c'était les qualités de vol du kayak, pas sa flottabilité.

— Tu sais, Madiha, ça me rappelle mes cours de physique pour le *A Level* il y a quelques années[11]. Je pense que Sharp et son épigone ont sous-estimé l'importance de la force $\overrightarrow{mg}$, la masse de l'aéronef multipliée par la pesanteur.

— L'aéronef ? Quel aéronef ?

— Le kayak.

Les deux femmes brassent distraitement leur thé tout en réfléchissant aux surprises que réserve l'espèce humaine.

---

11. Le *General Certificate of Education Advanced Level*, abrégé *A Level*, constitue un peu l'équivalent du baccalauréat français, mais sous une forme beaucoup plus à la carte. Les étudiants choisissent leurs matières, généralement trois ou quatre, par exemple les maths, la biologie et l'anatomie. Il y a des dizaines de matières à choix, y compris dans des domaines aussi inhabituels que l'écriture créative ou la criminologie.

Madiha a l'impression que même un singe d'intelligence moyenne se rebellerait contre l'idée de descendre les chutes du Niagara, cela quel que soit le véhicule qu'on lui propose.

— Et comment s'est passée ta journée ? demande Zameena.

— Bien. L'inspecteur White est sympa, il ne donne pas dans les facéties de mauvais goût. C'est agréable. On ne peut pas en dire autant de tous mes collègues. Quelques uns se comportent avec moi comme de vrais crétins. Il se passe rarement un jour sans que j'entende une vanne au sujet de la viande de porc. Certains d'entre eux, on pourrait croire qu'ils trouvent que Britain First est un parti de gauche.

— Pense à ce qu'ils diraient si tu étais non seulement une femme et une Paki, mais en plus une homo. Remarque que ça aurait un avantage précieux : ça te permettrait de repérer les cons bien plus vite que si tu étais un homme blond et anglican, et peut-être bedeau de la paroisse.

Madiha glousse et s'assied avant de continuer.

— Par contre White a deux homicides à gérer en ce moment et on est englués dans une affaire embrouillée à souhait, un suicide suivi d'un incendie a priori accidentel mais qu'on considère maintenant comme suspect. La victime a un frère, mais il semble hors de cause. Le jour des faits, il n'a pas bougé de son bureau de toute la journée. L'IRA pourrait être impliquée, mais on n'a rien trouvé jusqu'ici qui irait dans ce sens. Au MI5, ils sont en train de creuser dans cette direction.

— Pourquoi l'IRA ?

— Trois Nord-Irlandais sont accourus ici dès qu'ils ont appris la nouvelle et on sait qu'ils gravitent dans l'orbite d'un groupe indépendantiste. Cela dit, ils ne me donnent pas l'impression de faire partie du dessus du panier du terrorisme international. Ils ont plutôt l'air inoffensifs, à part le fait qu'ils ont avec eux un chien hirsute d'une taille phénoménale. Je n'ose pas penser à la quantité de bidoche qu'il absorbe chaque jour. Il doit y avoir un boucher heureux dans leur quartier.

— Pourquoi sont-ils venus ?

— Il paraît qu'ils voulaient soutenir le frère de la victime, mais ça sonne faux. Ils ne me font pas l'effet d'être proches de lui. Ils se montrent presque empruntés quand ils lui parlent. Comme si c'était plus ou moins un inconnu pour eux.

— Curieux.

— De mon côté, je chercherais plutôt du côté de ses clients. Il trempait dans un trafic d'armes. Quoi qu'il en soit, on ne néglige aucune piste, comme disent nos porte-parole quand ils ne savent plus quoi dire.

— C'est peut-être quand même simplement un suicide ? Vous avez des doutes sur sa mort mais pas de certitudes, c'est ça ?

— Oui, c'est ça. Mais je n'arrive pas à croire à un suicide, il y a trop de choses qui sentent le roussi. Oups, pardon, on dirait une vanne débile.

Les deux femmes se versent une autre tasse de thé puis Zameena reprend la parole.

— Tout à l'heure, en sortant de l'hôpital, je suis passée au Gail's de York Road acheter des scones. Je les trouve délicieux. Et j'ai pris aussi un pot d'une superbe clotted cream de Cornouaille. Tu en veux ?

— Et comment ! Quelque chose de bien sucré et crémeux, c'est parfait pour conclure une journée éreintante. Je crois qu'il y a un point commun entre ton boulot et le mien...

— À part le fait qu'on est toutes les deux sous-payées, surchargées et bombardées sans relâche de notes furibondes au sujet de nos dépenses par les comptables qui nous dirigent ?

— Non, rit Madiha, je pense au fait qu'il faut avoir travaillé dans le milieu hospitalier ou dans la police pour se rendre compte que la moitié des gens sont cinglés sans espoir de guérison.

— Ça, tu peux le dire.

— Et pour toi, Zameena, comment c'était aujourd'hui ?

— Complètement normal. J'étais sur le pont de 8 heures à 19 heures, et, à midi, pendant notre pause repas, un nutritionniste nous a présenté ses travaux.

— Eh bien, raille Madiha, on ne vous laisse pas perdre votre temps. Manger sans rien faire d'autre en même temps, ce serait du gâchis !

— Oui, et c'est parfois pesant, mais cette conférence a été particulièrement intéressante. Par exemple, sais-tu quel est le bilan carbone d'une tomate importée d'Espagne par rapport à une tomate qui pousse ici ?

— Non. Mais j'imagine qu'une tomate indigène a un bilan carbone bien meilleur qu'une tomate espagnole ?

— Pas du tout. L'empreinte carbone d'une tomate espagnole est pratiquement dix fois plus faible ! Le bilan catastrophique de la tomate anglaise tient au fait que, chez nous, il faut gaspiller beaucoup d'énergie à chauffer les serres.

— Tiens ! Mais quel rapport avec ton travail ?

— Pour l'empreinte carbone, il n'y a pas de rapport direct, mais l'intervenant nous a surtout parlé de nutrition. Beaucoup de maladies s'expliquent en partie par le fait qu'on mange trop et surtout trop de viande. En oncologie, on en parle beaucoup en ce moment.

— Tu es en oncologie en ce moment ?

— Non, aux urgences. C'est un service où on se sent vraiment utile, mais on en prend plein la figure. On arrive épuisés à la fin de la journée. Et encore, on a de la chance. L'époque est révolue où les internes pouvaient travailler 90 ou 100 heures par semaine.

— Jusqu'ici, quel service préfères-tu ?

— J'aime bien l'obstétrique. Tu connais le gag, c'est le seul service où tu as plus de patients au moment où tu clos le dossier qu'au moment où tu l'ouvres.

— Et les pépins à la naissance ?

— À l'hôpital, les accidents sont devenus très rares, heureusement. Mais, hier, j'ai bavardé avec une sage-femme qui m'a raconté une naissance plutôt insolite. La maman avait décidé d'accoucher à la maison. Quand elle a perdu les eaux, son mari a appelé l'hôpital et ma collègue s'est aussitôt rendue chez eux. Mais, quand elle a sonné à leur porte, personne n'est venu lui ouvrir. Elle a sonné, resonné, tambouriné, rien à faire ! Et puis enfin, après un très long moment, le mari a fini par venir lui ouvrir. Sur le coup, elle était plutôt remontée, mais elle a compris quand elle a entendu des pleurs de bébé. Le mari n'avait pas pu venir à la porte parce qu'il était trop occupé à aider sa femme à accoucher.

— L'histoire s'est bien terminée ?

— Oui, tout le monde était en forme, même si le mari tremblait un peu. Il travaillait comme employé de banque et c'était leur premier-né. En fait, il n'avait jamais vu un bébé de près. Il n'était pas vraiment préparé à devenir sage-femme de circonstance.

En fin de soirée, une voiture de patrouille de la police roule lentement le long de la rue en direction de la maison O'Neill. Des directives ont été données pour que des agents fassent de temps en temps une ronde dans le quartier dans l'espoir de surprendre des activités suspectes. Il se passe tellement de choses dans la propriété O'Neill que l'inspecteur White se sent obligé de la tenir à l'œil de nuit comme de jour.

Un bonhomme corpulent apparaît brusquement dans les phares au milieu de la chaussée, vêtu d'une grenouillère en polaire bleu ciel avec des charentaises brun rouille aux pieds. Il a tout d'une peluche géante. Le conducteur pile sur les freins et les deux agents sortent de l'auto en essayant de déguiser leur gaieté sous un vernis officiel.

— Bonsoir Monsieur, est-ce que tout va bien ? demande l'un des policiers.

— Non, ça ne va pas, il se passe de drôles de choses ici, c'est moi qui vous le dit.

— C'est ce qu'il me semblait, Monsieur. Il faut que je vous demande ce que vous faites dans la rue vêtu de cette, euh, combinaison.

— J'habite ici.

— Très bien, mais pas dans la rue, je suppose ? Que faites-vous dehors dans cette tenue ?

— C'est mon caniche. Je me suis relevé pour me faire une tasse de thé et je l'ai fait sortir dans le jardin pour qu'il fasse ses petites affaires.

— Dans votre jardin ? Mais alors qu'est-ce que vous faites ici ?

— Mon chien n'est plus dans le jardin, il en est sorti, voilà ce qu'il y a.

— Ah. Je vois. Et vous êtes à sa recherche ?

— Ce qui ne va pas, c'est qu'il ne sort jamais du jardin.

— Il a peut-être aperçu un chat ou un hérisson et il a voulu voir de plus près de quoi il s'agissait.

— Bien sûr que non. Les voisins sont de satanés curieux, mon jardin est entouré d'une palissade. Mon chien ne peut pas en sortir.

L'autre policier suit l'échange avec intérêt. Avec sa tête qui se tourne tantôt vers le propriétaire du chien perdu, tantôt vers son collègue, il a tout du spectateur d'un match de tennis.

Là-dessus, la voiture de police émet un grondement peu engageant.

— Eh, qu'est-ce que c'est que ça ? s'exclame le bonhomme à la grenouillère.

— C'est notre berger belge, reprend le premier policier. Tranquille, Patch.

— Tiens, dit l'autre agent, il a repéré un chien blanc sur le trottoir là-bas. On dirait un caniche. C'est le vôtre ? Vous allez pouvoir rentrer chez vous. Et si j'étais vous, je jetterais un coup d'œil à votre palissade, il doit y avoir une brèche quelque part. Bonne nuit, Monsieur.

En redémarrant, il réfrène un sourire.

— Il y a quelque temps, j'ai vu dans un Primark une grenouillère blanche à pois noirs, j'aurais dû en parler à ce type. Ce serait amusant, un caniche blanc promené par un dalmatien géant.

8. Vendredi 19 janvier

Le lendemain, dans le salon de Parietti, l'atmosphère est lourde. Postés à la porte, les deux chiens imitent des komainu shintoïstes mais sans faire montre de leur efficacité pour conjurer les mauvais esprits.

— Il me faut un whisky, marmonne Parietti. Vous en voulez un ? J'ai un Smokehead, mais, attention, il est très tourbé. Sinon, il y a un Laphroaig et un Glen Marnoch.

Price n'a jamais entendu parler de tout ça. C'est un buveur de lager, et il a toute une réserve de canettes de Carlsberg chez lui.

Mitchell prétendait toujours qu'il n'y a pas pire comme bière, mais Price vient de Northampton et, enfant, il habitait à quelques kilomètres de la brasserie de la marque. Ceci explique cela : c'est « sa » bière, et il la trouve classe depuis que son père lui a dit que la princesse Benedikte du Danemark est venue en personne ouvrir la brasserie en 1974. Benedikte, c'est l'arrière-arrière-petite-fille de la reine Victoria, tu te rends compte, fiston, avait-il ajouté. Et elle est revenue en 2012, et elle portait au bras la montre même qu'on lui avait offerte à sa première visite 38 ans auparavant.

— Vous n'auriez pas de lager, par hasard ? demande Price. Non ? Tant pis. Et comme whisky, vous n'auriez pas par exemple du Grant's, et peut-être du Coca pour un petit cocktail ? Non plus ? Alors volontiers un..., comment avez-vous dit, un Laphroaig, merci.

En remplissant le verre de son vis-à-vis, Parietti a un peu l'impression de donner des perles à un cochon. Du Grant's et du Coca, vraiment !

Revenant à l'affaire O'Neill, Price tente d'expliquer comment la catastrophe s'est produite.

— Les flics se sont barrés en fin d'après-midi et on s'est glissés dedans par la fenêtre de la chambre d'ami. L'alarme est HS depuis l'incendie et c'est une fenêtre à guillotine qu'un enfant pourrait forcer.

— Qu'est-ce que vous cherchiez ?

— Featherstonhaugh voulait voir si on ne dénichait pas des infos sur l'ordinateur du frère O'Neill. Il avait pris avec lui un petit programme, il m'a dit qu'il pouvait casser le mot de passe de Windows avec. Il est entré le premier et il a gagné le couloir. Mais il faisait sombre et il n'a pas vu le trou de l'escalier. Alors il est tombé en bas.

— Featherstonhaugh est tombé en bas ? Eh bien !

— Sa tête a fait un vilain bruit en heurtant le sol. Il ne bougeait plus. J'ai couru à la fenêtre pour récupérer l'échelle pour descendre vers lui, mais, à ce moment-là, j'ai entendu le bruit d'une voiture qui s'arrêtait dans la rue. C'était la bande des Nord-Irlandais, clebs compris. Alors j'ai dévalé en bas de l'échelle et j'ai filé par le portail du jardin.

— Et ensuite ?

— Je n'ai pas osé revenir les observer, ils avaient leur énorme clébard avec eux. Un vrai chien de Basketville, comme vous disiez.

Parietti fait la grimace.

— « Oui, va, va, seigneur à l'esprit lourd : tu n'as pas plus de cervelle dans la tête qu'il n'y en a dans mon coude », récite-t-il.

— Qu'est-ce que vous dites, boss ?

— C'est une citation tirée d'une pièce de Shakespeare, Troïlus et Cressida.

— Ah, boss, quelle citation ! Quel homme, ce Shakespeare ! De mon côté, je citerai Hamlet, acte II, scène II : « je vais bien, merci ».

Parietti le fixe longuement. Est-ce que Price se moque de lui ?

Dans le doute, il aventure un bref ricanement susceptible de s'interpréter dans un sens ou un autre. Mais il se dit qu'il faudra qu'il vérifie dans son *New Oxford Shakespeare*. On ne sait jamais.

Paula Turner et Chris Brown discutent des événements en croquant un en-cas dans la cour intérieure de Thames House. L'endroit est inconnu du simple quidam mais très apprécié des gens du MI5.

— Nous n'avons rien posé dans la maison, rappelle Brown, parce que même nos équipements les plus discrets risqueraient d'être découverts par les ouvriers pendant les travaux. Mais nos caméras ont enregistré le passage de quelqu'un.

— Les images permettent de l'identifier ?

— Non, pas bien, la lumière était mauvaise. Il y avait de la brume. Un type râblé avec une carrure de catcheur, environ un mètre soixante-quinze. Il est allé directement à l'échelle rangée contre le garage et il l'a prise avec lui. Ensuite, il a disparu derrière l'angle du bâtiment et on ne discerne plus rien pendant une dizaine de minutes.

— Un cambrioleur, peut-être ? Une maison vide, c'est toujours intéressant.

— Attends la suite. D'abord, les micros ont capté un bruit sourd venant de la maison, puis celui d'une auto qui se parque et on a reconnu les voix des Nord-Irlandais. Juste après, le micro de la remise du jardin a perçu une cavalcade suivie du claquement du portail. Quelqu'un s'est éclipsé par derrière à l'instant où les autres pénétraient dans la villa par la porte de devant.

— Sait-on pourquoi ils sont venus ?

— Non, le micro a distingué des voix, mais elles sont trop assourdies pour qu'on parvienne à comprendre. Au labo, ils ont essayé de supprimer le bruit et d'amplifier le signal, mais rien à faire.

— O'Neill leur a peut-être demandé de lui ramener des vêtements ou je ne sais quoi.

— Peut-être. Mais c'est vraiment bizarre : sur l'enregistrement, on distingue tout un remue-ménage, et puis le grand maigre et le petit gros ont parlé de prendre des briques en béton dans le garage et, au bruit, c'est apparemment ce qu'ils ont fait.

— Des briques en béton ? Mais qu'est-ce qu'ils peuvent bien faire avec des briques ?

— Et pendant qu'ils étaient dans le garage, l'un des deux, William, je crois, a parlé assez fort pour que le micro de l'avant-toit enregistre distinctement ses paroles. Il s'est exclamé : « splendide, j'ai trouvé un haltère ! Prenons-le. »

— Ça n'a ni queue ni tête ! Un haltère ? Ils veulent soigner leur forme physique ? Et pourquoi un ? Deux, ce serait plus pratique.

— Tout ce qu'on sait, c'est qu'ils ont emporté tout ça dans la maison, qu'il y sont restés une demi-heure et puis qu'ils sont partis en voiture.

— Il se passe des choses étranges là-bas. Le machin électronique qui voit à travers les murs, il marche bien ? Est-ce que les techniciens qui ont fouillé la propriété avant-hier auraient pu manquer quelque chose ?

— À quoi tu penses ?

— Des briques, ça peut servir à refermer un trou dans un mur. Est-ce qu'on a pu passer à côté d'une cache mercredi ? Une cache avec une ouverture qu'ils ont obstruée aujourd'hui avec ces briques ? Et un haltère, ça peut faire office de massette. Ajoutes-y un ciseau et tu as les outils de base du maçon.

— C'est une piste intéressante... Quand on pense qu'ils sont partis juste après en voiture, on peut se demander s'il n'y avait pas dans le coffre des armes récupérées dans un trou derrière un mur.

— Il faut qu'on refasse un saut sur place et qu'on jette un coup d'œil sur les autos. Elles ont toutes un traceur GPS ?

— Ah merde, je crois qu'on a oublié de poser des traceurs. C'est Hastings qui devait le faire, mais il n'a pas pu venir avec nous pour je ne sais quelle raison, et je crois que personne n'a pris ça en charge.

— Dommage. Mais, avec un peu de chance, on aura tous les détails de leurs déplacements en mettant leur numéro d'immatriculation dans RoadTracking. Ce logiciel fait parfois des miracles.

Au téléphone, c'est Brittany, tout agitée.

— Sœurette, tu ne devineras jamais ce qui se passe. Joshua a disparu. Il a pris quelques affaires et il s'est fait la malle sans rien dire à personne ! C'est son employeur qui a averti les flics. Son supérieur a trouvé bizarre qu'il soit absent sans les avoir avertis et que son téléphone soit éteint. Il a pensé à un accident domestique. Tu vois le genre, on grimpe sur un escabeau pour changer une ampoule et ziiip on glisse et on s'assomme en tombant. Ça me plaisait bien, comme scénario.

— La police est passée chez lui ?

— Oui. Ils ont eu de la chance, ils sont tombés sur la femme de ménage et elle les a fait entrer. Ils sont restés un bon moment à fourrer leur nez partout, et, en ressortant, ils sont directement venus chez moi. Ils voulaient savoir quand j'avais vu Joshua pour la dernière fois. Mais, lui et moi, on communique en général par téléphone, et je ne l'ai pas vu depuis des semaines. Quand il vient prendre les enfants, il reste dans sa voiture devant la maison. On ne se croise même pas.

— Et la femme de ménage, elle n'a averti personne ?

— Non, elle a bien vu qu'il avait pris des vêtements et des affaires de toilette mais elle a imaginé qu'il était en déplacement et qu'il avait oublié de lui laisser comme d'habitude l'argent du ménage sur la table de la cuisine.

— Je vois.

— Les flics, eux, ils n'ont pas trouvé ça normal. Départ surprise, employeur dans le brouillard, téléphone éteint, ça ne sentait pas la balade improvisée au bord de la mer. Ils ont fait le tour de la maison en cherchant son passeport, mais ils ne l'ont pas trouvé. Il l'a apparemment pris aussi. Ils supposent qu'ils ont affaire à une disparition volontaire.

— Ils vont faire de plus amples recherches ?

— Ils m'ont dit que, tant qu'il n'est pas retrouvé, c'est une affaire en cours. Ils doivent s'assurer qu'il va bien. S'ils le retrouvent et que tout est OK, ils m'en feront part sans m'indiquer où il se trouve, sauf s'il les autorise à le faire, et ils cloront le dossier.

— C'est normal. On a le droit de refaire sa vie. Disparaître n'est pas un délit.

— Moi, ça me va. S'il veut se fixer au Canada ou en Australie, bon vent et surtout qu'il ne revienne jamais.

— Et son chat ?

— Son chat ? Comment sais-tu qu'il a un chat ?

— Tu as dû m'en parler une fois ou l'autre.

— Ah oui. Je ne sais pas, mais je me figure que sa voisine va le prendre en charge. C'est déjà elle qui s'en occupe quand il est en voyage.

— Cela dit, Brittany, je suis convaincue qu'il nous a quittées pour de bon.

— Si seulement !

— Je le sens, mes antennes me le disent, et tu me connais, elles ne me trompent jamais.

— Tu as raison. Je te fais confiance.

— Je te parie une après-midi de shopping sur Oxford Street suivie d'un goûter copieux au Dorchester qu'on en est débarrassées.

— Ça me va. On fait ça quand ?

— À organiser dès que la police t'aura téléphoné pour te dire qu'il est bien vivant quelque part.

— Et s'il ne donne pas de nouvelles et qu'ils ne le retrouvent pas ?

— Dans sept ans, tu peux t'adresser au juge et demander une déclaration de mort présumée.

— Ah bon ? Sept ans ? Ça fait loin mais je ne me vois pas recevoir ce papier sans fêter ça. Pari tenu.

— C'est noté !

— L'Australie, on disait ? Pauvres Australiens. Ils se trouvaient déjà en bas là-dessous [12], mais, s'il a émigré chez eux, il va les pousser au trente-sixième dessous. Euh, bon, d'accord, elle est nulle celle-là.

En reposant son téléphone, Dee se dit que Brittany est un drôle de phénomène. Comment peut-elle croire à la capacité de prédire l'avenir de sa sœur ou d'ailleurs de qui que ce soit ?

______

12. En Angleterre, l'Australie et la Nouvelle-Zélande sont souvent appelées *Down Under*, « en bas là-dessous ».

Quoique, après tout, ça arrive à toutes sortes de gens. Dee se souvient qu'elle a lu quelque part que, à l'époque de Margaret Thatcher, son homologue français croyait à la divination et qu'il prenait certaines décisions en fonction de ce que racontaient les astres. Si elle se souvient bien, il s'appelait Mitterand et sa magicienne perso Elisabeth Teissier.

Voilà une chose qui aura captivé la Dame de fer si elle l'a apprise — et, au MI6, ils ont certainement découvert le pot aux roses, auquel cas leur patronne a été mise au courant. Ce n'est pas tous les jours qu'un secret d'État donne plus à rire qu'à pleurer. Thatcher a dû trouver cette histoire divertissante, elle qui était convaincue que la seule façon de construire l'avenir consistait à tordre le bras des opposants à ses projets.

Dee éprouve un peu de gêne à propos de son pari avec sa sœur. Selon une formule bien connue, un pari est un contrat entre un voleur et un imbécile, et, dans celui-ci, la voleuse, c'est elle. Cela dit, l'opération Joshua peut être vue comme un boulot, et même un sacré boulot, et tout travail mérite salaire.

Au bout du compte, elle aurait peut-être dû demander deux ou trois mille livres contre le 4x4. Trop tard.

Price est fier de sa Morgan, et, en repartant de chez Parietti, il flirte comme d'habitude avec la vitesse limite. Mauvaise idée : arrivé au bout de la rue, il est surpris par une vieille dame qui s'engage soudainement sur la chaussée avec son déambulateur. Il freine à bloc, mais juste trop tard : le déambulateur finit sous sa roue dans un discordant grincement de métal. Par chance, la dame, elle, a pu se jeter en arrière et elle n'a rien. Il se dit qu'avec sa vivacité elle pourrait sûrement se passer de son déambulateur.

Pas question de filer en vitesse, il ne veut pas courir le risque que la dame mémorise sa plaque d'immatriculation et la transmette aux flics. Il ne lui reste plus qu'à s'excuser abondamment et offrir le remplacement du déambulateur.

— Jeune homme, avez-vous vu à quelle allure vous rouliez ? Il faut faire attention.

La dame est fâchée et sa voix retentit dans toute la rue. Des rideaux remuent aux fenêtres de chaque maison du carrefour. Price fait de son mieux pour la calmer et lui promettre la classe A en matière de déambulateurs, mais il ne se passe pas cinq minutes avant qu'une voiture de police fasse son apparition et que deux agents en sortent. Il fallait s'y attendre. Quand les rideaux s'agitent derrière les fenêtres comme ils l'ont fait, il y a en général une suite. Un voisin a dû appeler la police.

— Bonjour, dit le premier agent. Il y a eu un accident ? Il y a des blessés ? Faut-il appeler une ambulance ?

— Non, non, tout le monde est indemne, se dépêche de dire Price.

— Ah non, dit la dame, ce monsieur a failli me renverser. Il a complètement démoli mon déambulateur.

À la fin des explications plus ou moins convergentes des deux protagonistes, il s'avère que le déambulateur constitue le seul blessé. Les agents se regardent.

— Monsieur, reprend le premier agent, vous avez bu de l'alcool, on dirait ? Nous allons faire un contrôle d'alcoolémie.

Mauvaise nouvelle, se dit Price.

— Est-ce que je peux refuser ?

— Oui, mais je ne le vous conseille pas. Vous encourriez six mois d'emprisonnement, la perte de votre permis pour un an au minimum ainsi qu'une amende dont le montant n'est pas limité par la loi.

L'explication se révèle claire mais pas très réconfortante. Le second agent juge utile d'apporter une précision.

— Mais si vous avez une explication raisonnable pour cela, par exemple des problèmes respiratoires, vous avez le droit de refuser. Dans ce cas, nous ferons un test sanguin ou d'urine.

— Il y a deux jours, reprend le premier agent d'un ton sardonique, nous voulions contrôler un conducteur qui nous a dit qu'il ne pouvait pas s'exécuter parce qu'il était trop soûl. Ça, ce n'était pas une explication raisonnable.

— Mais la plus malchanceuse, dit son collègue, c'est cette dame un peu alcoolisée qui avait un petit creux tard le soir. Elle a donc décidé de se rendre à pied au McDonald près de chez elle, ce qui était une bonne idée. Hélas, le drive-thru, le service au volant, était le seul ouvert. Savez-vous ce qu'elle a fait ?

Price ne voudrait pas laisser passer cette occasion de se montrer de bonne composition.

— Non, répond-il obligeamment. Dites-moi.

— Elle est retournée chez elle pour prendre son auto et revenir au drive-thru, ce qui lui a permis d'avoir son double cheeseburger, mais, cela, c'était une mauvaise idée. Comme elle conduisait en slalomant avec une dextérité que je crains de devoir décrire comme médiocre, une voiture de patrouille l'a prise en chasse et elle a subi un contrôle d'alcoolémie. Elle a pris deux ans de retrait de permis et 40 heures de travail d'intérêt général.

— Ça s'est passé à côté de Newcastle. Dans le nord-est. Ils aiment bien les soirées arrosées, dans le nord-est, complète inutilement l'autre policier.

Price est vernis, l'éthylomètre affiche 20 microgrammes et il s'en tire avec une mise en garde. Il va pouvoir reprendre sa voiture.

— Notre rapport sur l'accident sera transmis à la justice. Vous aurez des nouvelles bientôt.

Price opine du chef et prend son expression la plus accommodante. L'un des policiers ne peut pas s'empêcher de trouver que cela lui donne un peu l'air d'un gorille qui ferait de son mieux pour ressembler à un séraphin, sauf qu'il lui manque les six ailes de l'être céleste.

De son côté, la dame émet un léger ricanement. On sent qu'un juge austère et une justice sévère conviendraient splendidement à son humeur du moment.

À tout hasard (qui sait ce que les policiers mettent dans leurs rapports ?), Price lui offre son bras pour l'aider à rentrer chez elle, mais il ne récolte en retour qu'un coup d'œil furibond qu'elle fait suivre d'un regard impérieux en direction de la maréchaussée, laquelle comprend le message. Le premier policier la soutient jusqu'à sa porte et l'autre suit en portant le déambulateur tout tordu.

Price en profite pour lancer un au revoir enjoué à la cantonade et lever le camp. Il a pour projet, une fois chez lui, de vider sa bouteille de whisky jusqu'à la dernière goutte. Ça n'est pas très bon pour la santé mais qu'est-ce que ça détend.

En promenant sa chienne, Mandy baye aux corneilles et commet l'erreur de prendre le trottoir de droite, celui qui borde la propriété de Gerwin. C'est une faute qui pardonne rarement. Elle est en train de longer la propriété quand il jaillit de chez lui avec la mine gourmande d'une mygale en train de s'affûter les chélicères.

— Votre bête, glapit-il, il faut qu'elle cesse de faire ses besoins dans mon jardin.

— Ah, je suis navrée d'apprendre que vous avez des soucis de ce genre, mais ce n'est pas elle. Je la tiens toujours en laisse quand on se promène dans la rue.

— Alors j'aimerais bien savoir d'où viennent les crottes de chiens que je trouve tous les jours.

— Tous les jours, vraiment ? Comme c'est ennuyeux.

— Vous vous moquez de moi ?

— Non, non, pas du tout.

— En tout cas, si je trouve votre chien dans mon jardin, j'appelle la police. Vous aurez des ennuis, je vous le garantis.

Il mâche ses mots et l'accent de son Birmingham natal ressort plus que d'ordinaire. Il est manifestement beurré comme une tartine. Mandy fait une moue quelque peu dédaigneuse.

Molly grogne un peu. Elle non plus ne porte pas dans son cœur ce voisin qui exsude l'aigreur par tous les pores.

Ne pas oublier de toujours emprunter l'autre trottoir à l'avenir, se dit Mandy par-devers soi en s'esquivant. Et passer l'air de rien, agir comme s'il n'existait pas. Elle est convaincue qu'il guette tous les mouvements de la rue depuis ses fenêtres et elle ne veut pas qu'il se rende compte qu'elle pense à lui chaque fois qu'elle s'approche de sa propriété.

Tout en suivant Molly qui trottine maintenant d'une démarche conquérante, elle s'interroge. A-t-il été marié ? Un type aussi odieux ? Il faut qu'elle se renseigne auprès de ses voisins.

En arrivant à l'emplacement au bord de l'eau qu'ils ont découvert quelques jours auparavant dans la vallée de la Colne, Vanessa, Brian et William ont l'impression de revenir en arrière dans le temps. Le froid humide de l'atmosphère n'a pas changé d'un iota. Ils frissonnent et n'ont qu'une envie : faire au plus vite.

Quand ils ont emmailloté le corps de Featherstonhaugh dans la moquette de la chambre d'ami, ils n'ont pas oublié de le nantir de quelques briques de béton pour qu'il coule au fond et qu'il y reste. Comme Brian n'a pas du tout apprécié son exercice de mardi dans la boue glaciale de la mare, il a mis la main sur une longue perche de bois et il l'emploie pour pousser énergiquement le tapis, qui s'enfonce lentement dans un chapelet de bulles juste à côté de l'endroit où Mitchell a coulé.

— Aucun doute, il y a progrès, fait remarquer William. Les deux premières fois, on s'est fait tirer dessus sans avertissement. Cette fois, le type s'est tué tout seul, sans faire de mal à personne.

— Un peu de respect, le morigène Vanessa. Il est mort, le pauvre homme.

— Il avait un pistolet dans une poche et un couteau dans l'autre, rétorque William. À mon avis, ses intentions n'étaient pas pures.

— Où avez-vous mis ses armes, au fait ? demande Brian.

— Dans le tapis avec leur propriétaire, répond William. Comme lest, elles sont parfaites.

— On aurait pu garder le pistolet, s'insurge Brian. Ça peut être utile à Montpelier. Apparemment, les gens d'ici ont comme dada de se faufiler dans les propriétés privées pour se livrer à des exercices de tir au hasard de leurs rencontres avec les personnes qu'ils ne connaissent pas.

— Vous ne trouvez pas que c'est un peu risqué de placer les corps au même endroit ? intervient Vanessa.

— Il y a le pour et le contre, répond Brian. C'est vrai qu'on met nos œufs dans le même panier, mais, d'un autre côté, si on les avait déposés à deux endroits, ça aurait doublé le risque que l'un ou l'autre soit découvert.

Pour William, ce nouveau mort est vraiment de trop. Il n'a plus qu'une envie, c'est de mettre un point final à toute l'histoire.

— Le plus étonnant, observe-t-il, c'est que personne parmi nous n'ait été blessé jusqu'ici. Une chose est sûre, ce C-4 ne vaut pas la peine qu'on prenne une balle. Je propose qu'on rende ses clés à Jack, qu'on lui souhaite le meilleur et qu'on rentre à Derry. Mais, avant ça, on achète une remorque.

— Qu'est-ce que tu veux qu'on fasse d'une remorque ? s'étonne Brian.

— On met ton veau dedans. Je ne fais plus un mètre dans cette minuscule Viva avec cette bête vautrée sur moi. Ou alors tu pourrais l'offrir à Jack ? Il aurait bien besoin d'un chien de garde dans cette maison si populaire auprès des maniaques du pistolet.

9. Samedi 20 janvier

Chris Brown rejoint Paula Turner dans son bureau. La pièce est de petite taille mais elle bénéficie d'une vue superbe sur la Tamise. Au MI5, les employés se voient épargner les charmes contestables des bureaux paysagers. Il y a trop de raisons d'assurer un maximum de discrétion dans toutes les circonstances.

— Paula, tu connais RoadTracking, le logiciel de poursuite des plaques minéralogiques de la police ? Il a perdu la trace des Nord-Irlandais sur le giratoire de la jonction entre la A40 et la M40. Ils ont pris la direction du nord et ils se sont évaporés. Il les a retrouvés une heure après au même endroit, mais pas moyen de savoir où ils se sont baladés dans l'intervalle.

— On a des adresses sensibles dans le coin ?

— Une seule, à Uxbridge, un barbu qui pourrait bien être intéressé par des armes. Mais, au giratoire, ils ont obliqué au nord, dans la direction du Parc régional de la vallée de la Colne, alors qu'Uxbridge se situe au sud-est.

— Curieux. Qu'est-ce que nos clients sont venus faire là ?

— C'est un endroit où les Londoniens viennent pique-niquer et canoter. Il paraît qu'il y a une soixantaine de lacs là-bas. Un endroit touristique, il n'y a pas mieux pour les activités louches. Elles se camouflent facilement dans les mouvements des visiteurs.

— Oui, mais pas en janvier, grommèle Paula. J'imagine qu'il n'y a pas un chat là-bas en ce moment.

— Effectivement.

— Chris, réfléchis. Peu d'endroits sont plus cafardeux que les coins touristiques hors saison. Pour quelle raison pourrait-on bien vouloir aller là-bas ? Moi je ne vois pas.

— Pour faire de la photo peut-être ? En noir et blanc, ça peut donner quelque chose. Barques couleur locale, embarcadères pittoresques, ambiance dramatique, tout ça.

— Ah, ils font de la photo ?

— Non, pas que je sache.

Dee a tout retourné chez elle, mais elle ne parvient pas à retrouver le bracelet qu'elle portait il y a huit jours. Est-ce que par mégarde O'Neill le lui aurait arraché quand il l'a agrippée ? Elle n'a pas fait attention, mais la rupture de la chaînette a très bien pu lui échapper. Elle aurait évidemment dû le retirer avant de sortir de chez elle, mais elle a oublié.

La finesse de la chaîne évite le risque d'une empreinte digitale exploitable. On ne peut rien faire de marques d'un ou deux millimètres. Par contre, il n'est pas impossible qu'un peu d'ADN y soit resté attaché. Dee en doute fort parce que l'eau des pompiers aura lessivé ce genre de traces biologiques, mais on ne sait jamais.

Si ça s'est produit au rez-de-chaussée, elle peut avoir l'esprit tranquille. Les sols doivent être recouverts d'une fange de cendres et de débris détrempés, et il n'y a rien de mieux pour faire disparaître tout ADN que le feu aurait épargné. Mais c'est peut-être dans la salle de bains que le bijou est tombé, et il a pu traverser les événements inaperçu.

Quoi qu'il en soit, il est essentiel d'agir au plus vite, car les travaux peuvent commencer d'un jour à l'autre.

Travaux ? Penser à ça donne une idée à la jeune femme. Qui dit travaux dit ponts et chaussées, et qui dit ponts et chaussées — elle claque des doigts — dit explosifs.

Ratisser les lieux à la recherche d'un bracelet prendrait un temps fou et ça impliquerait des risques de se faire repérer. En plus, rien ne garantit qu'elle ne ferait pas chou blanc.

Dee réfléchit un moment. Une bonne façon de régler la question consisterait à utiliser un de ses pains de plastic tout neufs pour faire sauter toute la salle de bains.

En plus, ça lui permettrait de se faire une idée de ce que ça donne, un kilo de C-4 qui éclate. C'est important de faire un test avant d'utiliser un explosif pour de vrai, se dit-elle avec un brin de mauvaise foi — ce qui la titille, en réalité, c'est d'admirer le spectacle. Elle n'a aucune idée du résultat, mais elle a envie de le savoir.

Naturellement, c'est un peu le coup du bitonio qu'on emploie à tort et à travers. Comme dit l'adage, si on ne dispose que d'un marteau, tout a l'air d'un clou. Avec ses dix kilos d'explosifs, Dee a envie de trouver un prétexte pour faire sauter quelque chose, n'importe quoi.

Un kilo devrait amplement faire l'affaire. Elle n'a pas l'intention de démolir toute la maison et de briser les vitres du quartier. Inutile que l'événement fasse la une des journaux nationaux et mobilise la Met et le MI5. Au contraire, elle préférerait que la destruction se limite en gros à la salle de bains. Est-ce qu'un kilo est la bonne quantité pour cela ? Elle n'en sait rien mais elle va le savoir bientôt.

Ses pains de plastic sont opportunément accompagnés d'un sachet transparent qui contient un assortiment de dispositifs de mise à feu, notamment des espèces de stylos jaunes. Il y a aussi un dépliant en papier glacé intitulé « Notice technique ». Suivant ce document, ces trucs jaunes sont des détonateurs électroniques à délai. Ils incluent trois couronnes réglables de 0 à 9.

Dans les spécifications techniques, le fabricant révèle qu'on peut définir un délai allant de 001 à 999 secondes, ce que Dee estime tout à fait correct. Elle ne voit pas trop qui pourrait bien employer le réglage 001, mais, à 999, cela lui ménage un quart d'heure de battement, de quoi se trouver à des kilomètres au moment de l'explosion. Cela dit, elle sait déjà qu'elle ne pourra pas résister à la tentation de rester assez près pour tout voir de ses propres yeux.

Dans son travail, la clé se situe dans une préparation méticuleuse de l'opération.

Elle commence par son Smith & Wesson et le sort de sa cachette sous le four, puis elle monte dessus la visée laser et elle contrôle la charge des piles.

Cela fait, elle teste la précision de la visée au moyen d'un laser de préréglage placé dans le canon. Sur le mur de son salon, elle a un poster de Dua Lipa (elle est fan autant de ses opinions sur le monde que de sa musique) qui se trouve à la bonne distance, à peu près cinq mètres. Depuis sa cuisine, elle vise le micro de la chanteuse. Les deux points rouges tremblottent dessus à moins d'un centimètre de distance. Parfait.

Il ne lui reste plus qu'à mettre l'arme dans une poche de sa doudoune rembourrée et le pain de plastic et le détonateur dans une autre. La poche du C-4 fait un peu boursouflure, mais ça n'est pas un problème. Quelle chance que tellement d'hommes d'un certain âge soient en surpoids. C'est un déguisement qu'on peut employer à l'infini.

Il ne lui reste plus qu'à attendre la nuit. D'impatience, elle virevolte dans son salon en dansant au son de *Future Nostalgia* de Dua Lipa avant de se décider pour une bonne tasse de thé.

Elle commence par préchauffer sa théière comme sa mère lui a dit de faire et comme George Orwell lui-même le préconisait. Elle ne sait pas trop à quoi sert, mais si sa mère et Orwell le disent, c'est qu'il y a une bonne raison. Elle n'est pas de l'école jette-le-sachet-dans-un-mug, elle a une élégante théière en porcelaine qui lui permet de préparer son thé comme il faut.

À Thames House, l'ambiance est à l'énervement.

— Tout m'échappe dans cette histoire, et c'est peu dire, maugrée Paula Turner. Souvent, on manque d'informations, mais là, il y a trop de rapports, ceux des pompiers, de la police, de leur labo, de la société d'assurances, de nos collègues. Je me perds dans toute cette paperasse. Quant aux caméras et aux micros qu'ils ont installés mercredi, ils enregistrent surtout des chats en vadrouille et des chants d'oiseaux. À en juger par les images qu'on a, un inconnu s'est introduit dans la maison mais on ne l'a pas vu ressortir. On ne sait toujours rien à son sujet. En partant, il a réussi à se faufiler entre les champs des caméras. Ou alors il se trouve toujours dedans.

— Que va-t-on chercher ? demande Chris Brown.

— Rien de particulier a priori. J'ai juste besoin d'aller voir par moi-même pour me faire ma propre idée. Mais on va s'y rendre armés. C'est un vrai stand de tir, cette bicoque.

— OK, mais où se trouve la clé ?

— Quand les lieux ont été sécurisés, la police a demandé des doubles des clés du cadenas de la porte d'entrée et j'en ai obtenu une.

— On y va maintenant ?

— Non, mon ex-mari vient de me téléphoner et il m'a dit qu'il se trouvait à côté de Waterloo Station. Comme il habite à Northolt, je lui ai demandé s'il ne nous pousserait pas à Montpelier en rentrant chez lui. Il est sympa, il va nous déposer devant la maison O'Neill. Il m'a donné rendez-vous dans une demi-heure devant le Costcutter qui se trouve du côté nord de la gare.

Dee rejoint la propriété O'Neill par le chemin de derrière en frayant son chemin entre les ronces, les boîtes de bière vides et les autres déchets.

Dans l'amas des rebuts, elle se saisit d'une chaise en plastique d'une couleur répugnante mais apparemment encore solide. Elle l'emporte avec elle, et, en grimpant dessus, elle parvient à se hisser sans trop de peine jusqu'à la fenêtre de la chambre d'ami du premier étage. À moitié disloqué, le fermoir de la fenêtre ne sert plus à grand chose. Elle se coule à l'intérieur.

Une fois dans la pièce, elle cesse tout mouvement pour écouter et se situer dans les lieux. C'est alors qu'elle entend deux personnes qui discutent à voix basse dans le corridor à quelques mètres d'elle.

Son premier réflexe est de décamper. Il faut le faire immédiatement et sans se faire remarquer.

Mais les voix s'approchent vite et, pour sortir, il faut tourner le dos au danger. Ça ne lui convient pas du tout. Elle préfère donc sortir son pistolet et se mettre en position de tir. À peine une seconde plus tard, deux ombres apparaissent. Elles n'ont pas encore compris ce qui se passe qu'elles s'écroulent. Les clappements feutrés du silencieux n'ont aucune chance de s'entendre depuis la rue.

On entend une voiture qui passe tranquillement devant la maison et, sur le trottoir, deux voisines qui échangent d'insignifiants points de vue au sujet de la météo. Dehors, tout est normal.

La situation étant ce qu'elle est, Dee préfère renoncer à son projet d'explosion et fuir au plus vite. Tant pis pour le bracelet. Elle se dit qu'entre deux risques, il faut choisir le moindre.

Elle ressort par la fenêtre, se laisse glisser à terre, gagne le sentier et repose la chaise à côté du matelas avant de disparaître subrepticement.

Une caméra du MI5 a enregistré une partie de ses mouvements, mais elle n'a vu qu'un gros homme dans un anorak, le visage bien dissimulé sous son capuchon.

Une heure plus tard, la consternation règne dans la maison O'Neill.

— Bon Dieu, pourquoi est-ce qu'on a accepté de venir chercher ses affaires de toilette, râle William. Deux morts d'un coup ! Deux ! Chacun avec un trou entre les deux yeux ! Un tireur d'élite, celui qui a réussi ce coup. Mais cette fois on n'y est pour rien, on n'a qu'à appeler la police.

— Sauf que la situation n'est pas plus encourageante que la fois passée, fait remarquer Brian. Tout ce qu'on peut dire aux flics, c'est qu'on a découvert deux nouveaux cadavres par hasard. Je ne sais pas pourquoi, mais je présage des ennuis. Il y a un peu trop de coups de feu dans cette propriété pour que les Anglais ne soient pas trop contents de nous tomber dessus. Qu'est-ce qu'on parie qu'ils trouveront que nous sommes un peu trop irlandais à leur goût ? Nous faisons des coupables tout trouvés.

— J'ai compris, soupire Vanessa. Bon. Allons chercher quelques briques dans le garage. On va faire une balade dans la vallée de la Colne.

— Et on saucissonnera les victimes dans la moquette du corridor, jubile William. Ça tombe bien, c'est là qu'il y a les nouvelles traces de sang. Comme ça on fait d'une pierre deux coups : plus de cadavres et plus de taches de sang. Ni vu ni connu.

— Et tant que tu y es, dit Brian, n'oublie pas de régler leur compte à leurs smartphones. Un bon coup avec une brique sera parfait pour ça.

À peine vingt minutes après, les deux colis sont lestés, ficelés et prêts au départ sur le carrelage de la cuisine.

Le chien bat de la queue et sautille sur lui-même. Aucun doute, c'est le premier chien au monde à associer emmaillotage de cadavres et départ en promenade.

Brian fait rentrer le break de Jack O'Neill dans le garage avant d'aider William à transporter les deux morts dans le coffre de la voiture. William est allègre.

— C'est vraiment génial que cette porte donne directement dans le garage, dit-il. On pourrait transporter tout un bataillon de macchabées en toute discrétion.

— William ! proteste Vanessa.

En fin de soirée, Madiha et Zameena philosophent dans leur cuisine autour d'une dernière tasse de thé.

Elles ont regardé le téléjournal de 22 heures sur BBC One. Les nouvelles sont aussi préoccupantes que d'habitude, avec, entre autres, des tensions religieuses qui se rallument au Pakistan et en Inde.

Madiha se remémore des souvenirs.

— Mes grands-parents ont quitté l'Inde en catastrophe au moment de la partition de 1947. Elle était musulmane et lui catholique. Tu imagines la situation, tout leur entourage était catastrophé. Pour la famille de ma grand-mère, le problème était très simple : eux-mêmes étaient dans la Vérité, les dieux des autres étaient de faux dieux et cette union était donc impie. Et, du côté de mon grand-père, devine quoi... c'était mot à mot la même chose mais dans le sens inverse.

— Eh bien, voilà ce qu'on appelle un dilemme inso-
luble. La capacité des gens à inventer des problèmes qui
n'existent pas me laisse toujours songeuse. Un dernier scone ?

10. Dimanche 21 janvier

À Thames House, à la Northern Ireland Counter-Terrorism Branch, c'est l'effervescence dans la salle de réunion du premier étage. Le chef de la section lui-même est sur le pont. Il se nomme John Thompson.

— Vous ne savez rien ? tonne-t-il. Comment est-ce possible ?

— On sait que Turner et Brown sont sortis d'ici hier à 15 heures, proteste un certain Lowe, qui est assis au premier rang. Les caméras de surveillance nous disent aussi qu'ils sont partis à pied, qu'ils ont traversé la Tamise par le Lambeth Bridge et se sont rendus à la gare de Waterloo. Ce qu'on ne comprend pas, c'est qu'on ne les voit nulle part dans la gare.

— Vous n'avez pas d'images de leurs déplacements ? C'est vous qui avez supervisé l'opération ?

— Oui, on l'a lancée ce matin tôt quand on a appris qu'ils n'étaient pas rentrés chez eux de toute la nuit. Qu'une personne découche, ça peut arriver, mais que les deux membres d'un binôme le fassent en même temps, ça ne colle pas.

— Sauf s'ils se sont offerts une escapade à deux, hasarde une femme au troisième rang. Brown pourrait être le fils de Turner, mais on a vu des couples plus étranges.

— S'il s'agissait d'une amourette, réplique Lowe, ils feraient attention. Ils n'alerteraient pas toute la république en se volatilisant comme ils l'ont fait, d'autant plus qu'ils savent parfaitement qu'ils s'attireraient de sacrés ennuis ici s'ils agissaient ainsi.

— Et les caméras autour de la gare ? reprend Thompson.

Lowe secoue la tête d'un air dépité.

— Rien. Mais elles ne couvrent pas complètement les rues, il y a plein de trous dans la raquette. En fait, on ne voit même pas Turner et Brown pénétrer dans la gare. Soit ils sont restés dehors, soit ils sont entrés en catimini. Les sweatshirts à capuche devraient être interdits.

— Ils ont peut-être pris un bus ?

— Je ne vois pas comment ils auraient fait. Il y a trop de caméras de surveillance et les caméras des bus elles-mêmes enregistrent tout. Ça dépend d'une compagnie à l'autre, mais les images se gardent en général au moins une semaine. On n'a rien là non plus pour l'instant. On a demandé à toutes les entreprises concernées de nous fournir les données en urgence mais on n'est pas sûrs de tout avoir. C'est le problème avec la privatisation des transports londoniens, ça a multiplié les acteurs. Avant, il y en avait un seul.

— On a le même problème avec les caméras des rues, rouscaille un autre participant. Il y a celles de la mairie, celles de Transport for London, celles de Tesco, celles de Sainsbury, etc. Même le studio de toilettage canin du coin est susceptible d'avoir une caméra, et c'est peut-être celle-là qui a enregistré les meilleures images, mais ça va prendre je ne sais combien de temps pour tout obtenir et tout visionner.

— Bref, fulmine Thompson, cette disparition est un beau bordel. Et les taxis ?

— On a demandé partout, assure Lowe, mais on n'a rien non plus de ce côté là.

— Et leurs téléphones ?

— Là, au moins, on a quelque chose, annonce Lowe. Le traçage montre qu'ils se sont déplacés vers l'ouest et on peut les suivre jusqu'à Ealing, et plus précisément jusqu'au quartier de Montpelier. Ce qu'on ne saisit pas, c'est que les téléphones se sont baladés en pleine lumière, si j'ose dire, mais que leurs propriétaires ont joué à l'homme invisible.

— Montpelier, c'est une affaire qu'ils suivent, n'est-ce pas ?

— Effectivement. Par contre, leurs deux téléphones sont muets depuis leur arrivée là-bas. Ils ont un de ces modèles dans lesquels le Donut a placé une puce de traçage, mais, en dépit de cela, nos tentatives de connexion ne donnent rien. C'est inquiétant, sachant que la puce du traçage s'auto-alimente pendant un sacré moment. En fait, il est pratiquement impossible de retirer la fonction de traçage de ces appareils. On peut donc supposer qu'ils ont été mis hors d'usage. Par exemple jetés dans l'eau.

— Nos caméras n'ont rien vu ?

— Non, mais si Turner et Brown sont entrés par la porte de devant et qu'ils venaient depuis le sud, ils se trouvaient hors de vue de la caméra du garage. Le porche lui échappe à cause du décrochement entre la façade de la maison et celle du garage. Si quelqu'un vient du nord, il passe dans le champ, mais, s'il vient du sud, c'est fichu.

— Vous vous êtes rendus sur place ?

Oui, mais rien à signaler. La propriété O'Neill est vide et tout est calme. Aucune trace ni de Turner, ni de Brown, ni de qui que ce soit. Le propriétaire se trouve toujours à l'hôpital et ses amis nord-irlandais séjournent encore au Travelodge qui se trouve sur la A40. On les a interrogés mais ils tombent tous des nues. Ils n'ont jamais entendu parler de Turner et Brown.

— Est-ce qu'ils sont passés dans la propriété hier ?

— Oui, comme presque chaque jour. Cette fois, c'était pour aller chercher des affaires que O'Neill voulait avoir à l'hôpital. Selon eux, ils n'ont rien remarqué d'inhabituel. La maison était vide et tout était calme, nous ont-ils dit.

— Par contre, d'après les raclements qu'a enregistré notre micro, ils ont de nouveau pris des briques dans le garage, intervient un autre homme.

— Et ils sont repartis ensuite en direction de la M40, reprend Lowe. On les a de nouveau perdus sur le giratoire entre la A40 et la M40 quand ils ont obliqué en direction du nord. C'est de nouveau le Parc naturel de la vallée de la Colne. On dirait qu'ils ne peuvent pas se passer de ce patelin.

— Vous leur avez demandé ce qu'ils faisaient là ? interroge Thompson.

— Oui. Ils m'ont dit que leur chien avait besoin de se dégourdir les pattes et que l'endroit est idéal. Il paraît que c'est un Irish wolfhound, un chien de chasse qui a besoin de beaucoup se dépenser. Ils ont ajouté qu'ils trouvaient l'endroit paisible et plein de charme.

— En janvier ? C'est idiot.

— Ils prétendent qu'ils n'ont pas de jolis coins de ce genre en Irlande du Nord et qu'ils apprécient particulièrement le calme de ce paysage en hiver. Ils pensent que ça doit être bien trop encombré en été.

La femme du troisième rang se gratte la tête.

— L'histoire des briques, ça me rappelle quelque chose, réfléchit-elle. Est-ce que nos caméras n'avaient pas déjà filmé une scène du même genre il y a quelques jours ? Ce sont vraiment des fans des matériaux de construction. Qu'est-ce qu'ils font avec ?

— On a pensé à poser la question, réplique Lowe. La femme nous a répondu qu'elles devaient servir à surélever

les meubles pour qu'ils puissent sécher parce que les planchers restaient humides. Ils les avaient momentanément
placées devant la porte d'entrée mais elles ont disparu.
Elles auraient été volées.

— Laissez tomber les briques, tranche Thompson. On
n'en a rien à faire des briques. Revenons à l'essentiel : où
sont Turner et Brown ?

11. Lundi 22 janvier

Parietti est soulagé.

— Un flic qui participe à l'enquête a vendu la mèche. Sous le voile de l'anonymat, il a tout déballé à un journaliste du Daily Mail. L'article est très instructif. Suivant ce papier, les flics sont complètement perdus.

— Rien à notre sujet ? interroge Price.

— Non. Il y avait un ordinateur dans la maison, mais c'était celui du frère qui bosse dans l'immobilier. Kevin, lui, n'avait rien avec lui, sauf peut-être dans son téléphone, mais, à la suite de l'incendie, il n'en reste rien.

— Il était peut-être bêtement venu en vacances chez son frère ? s'interroge Price. Ça s'est vu.

— Non, c'était un déplacement professionnel. Il avait amené avec lui un fusil mitrailleur. En tout cas, les flics en ont trouvé un dans les mains d'une amie de Kevin O'Neill et elle a dit qu'elle l'avait découvert derrière les bêches de l'appentis du jardin. L'autre O'Neill, l'affairiste, a juré ses grands dieux qu'il ne savait rien et les flics ont eu tendance à le croire. Effectivement, ce genre d'outil semble plus utile à un trafiquant d'armes qu'à un promoteur immobilier.

Price prend soudain un air bonhomme et Parietti le fixe avec un peu d'appréhension.

— Price, vous avez quelque chose à dire ?

— Non, chef. C'est votre chien, celui qui a une tache noire au-dessus de l'œil droit. Il a battu de la queue quand j'ai dit que le O'Neill numéro un était peut-être simplement venu en vacances chez son frère.

— Je vois. Et pour le fusil, le chien a une hypothèse ?
Non, ne me répondez pas. Bonne soirée, on se revoit demain.

À Scotland Yard, tout le MIT 8 a été convoqué à une
réunion urgente. On a rarement vu l'inspecteur chef Evans
autant à cran.

— La gravité de cette affaire n'échappe à personne ?
Le cafard a tout raconté au Daily Mail — j'aimerais bien
savoir combien ils l'ont payé pour ça — et maintenant le
public en sait autant que nous sur cette enquête. Je n'ai
jamais vu ça. À la direction, ils sont hors d'eux. Des gens
du DPS [13] se trouvent en ce moment même dans le bureau
de notre directrice. Vous entendez ? C'est la directrice de
la Met en personne qui a pris l'affaire en main.

Un lourd silence lui répond.

— Le coupable se trouve infailliblement dans cette salle,
reprend Evans, et, tant qu'on ne sait pas de qui il s'agit,
les soupçons de notre direction portent sur nous tous. On
risque d'avoir le DPS sur le dos pendant un bon moment.
Et, pour ne rien arranger, ce foutu article a appris au public
qu'on nage dans le yaourt. Belle image de l'efficacité
de la police.

Assis au fond un sergent du nom de Stephen Sewer
intervient.

— Peut-être qu'on n'y est pour rien ? Est-ce que la fuite
ne pourrait pas venir du MI5 ?

Cette remarque ne plaît pas à Evans.

---

13. Le DPS est le Directorate of Professional Standards, un des
départements centraux de Scotland Yard. Il a la charge des enquêtes
internes sur les allégations de fautes professionnelles commises par
des policiers de la Metropolitain Police. Son travail est supervisé par
l'Independent Office for Police Conduct (IOPC), qui, lui, n'est pas
rattaché aux forces de police.

— « C'est pas moi, c'est lui » ? Vous voulez que nous nous décrédibilisions nous-mêmes ?

Tout en parlant, il se dit qu'en fait l'idée manque peut-être de classe mais pas de mérite et il réprime un sourire matois. Il faudra trouver un moyen de faire germer en sous-main les graines de l'hypothèse MI5 dans l'esprit des bœuf-carottes du DPS.

Deux hommes sont réunis autour d'une pinte dans un coin de l'Earl of Essex d'Islington. Ils ont l'un environ trente ans et l'autre bientôt quarante. Physiquement, ils ont un air de famille, mais le plus jeune a une expression du visage comme botoxée. On a l'impression qu'il ne saurait pas comment s'y prendre si on lui demandait de sourire.

Comme toujours, le chahut est général dans le pub et la musique peine à le surmonter. Et, comme toujours, ce sont des succès des années soixante-dix. En ce moment, on distingue tout juste qu'il s'agit de *Killing Me Softly With His Song* de Roberta Flack.

Malgré tout, ils parlent à voix basse. Le plus âgé est en colère.

— C'est incroyable, elle a confondu les deux frères. Je lui ai envoyé un message.

— Qu'est-ce que tu lui a dit ?

— Je lui donne jusqu'à mercredi soir pour remettre les pendules à l'heure. Et si elle merde, écoute bien ce que je dis, Roman : je veux que tu te débrouilles pour en finir jeudi. Aucun délai possible, le contrat pour la construction de cette nouvelle tour à Canary Wharf doit être signé vendredi.

— C'est un gros contrat ?

— Oui, le budget est énorme. Si ce O'Neill signe le contrat, non seulement ça constituerait une perte financière inacceptable pour nos clients mais notre crédit chez eux serait bon pour les chiottes. Il faut absolument éviter ça. Avec ces gens, on n'a pas droit à une deuxième chance. Ils font partie de nos meilleurs clients et je place beaucoup d'espoirs dans notre collaboration avec eux à l'avenir.

— Il aurait mieux valu qu'on fasse tout nous-mêmes, marmotte le dénommé Roman.

— Elle travaille très bien d'habitude. De toute façon, le côté billard à trois bandes, c'était une exigence des clients. Ils tenaient à un montage pour limiter au maximum les risques si jamais l'auteur de l'« accident » venait à être connu.

— Quel montage ?

— Simple mais efficace. Première ligne de défense, la mort devait avoir l'air d'un accident ou au pire d'un suicide. Comme c'est triste, quelle perte pour nous tous, fin de l'histoire.

— Ah oui, ça c'est parfait.

— Deuxième ligne de défense, l'exécutant choisi devait être mis au courant que je faisais partie de la Confrérie. Il fallait qu'il hésite à deux fois avant de cafter s'il était interrogé par les flics. Tout le monde sait que c'est suicidaire de balancer quelqu'un de la Confrérie.

— Oui, ricane Roman, il se produit parfois de fâcheux incidents, même en prison.

— Troisième ligne de défense, une seule personne, moi, connaîtrait les véritables clients, et ils m'ont clairement fait comprendre que si par malheur la piste remontait jusqu'à eux, ils sauraient à qui demander des comptes. À la fin de notre dernière rencontre, ils n'ont pas oublié de faire des commentaires polis au sujet de ma délicieuse épouse et de mes deux charmants enfants.

— Je vois.

— Maintenant, à toi de jouer.

— Eh bien, merci de ta confiance.

— Pour régler ce genre de problèmes, tu es le meilleur, et je sais que je peux compter sur toi, tu es mon neveu.

— Est-ce que tu peux m'en dire un peu plus sur la situation ? Ça m'aiderait à savoir où je mets les pieds.

— Il faut que tu lises l'article du Daily Mail sur l'affaire, tu le trouveras sur leur site. Il y a dedans toute la chronologie des événements. Un flic a mouchardé. Il a avoué au journal qu'ils étaient dans le brouillard et que personne ne comprend rien à ce qui s'est passé. Ils ont deux idées, l'IRA et un client de ce O'Neill qui lui en voudrait à mort, mais ce sont juste des hypothèses en l'air et elles n'expliquent pas les événements qui ont suivi. Ils n'ont rien de concret, aucun renseignement, aucun suspect. Suivant ce flic, la Met a ratissé le terrain sans lever le moindre lièvre.

— Donc, juste pour être sûr que j'ai bien compris, je suis les événements de très près et, si elle fait ce qu'il faut d'ici 48 heures, je ne bouge pas.

— En fait, il y a peu de chances que tu doive intervenir. Elle est douée, je suis pratiquement sûr qu'elle fera le travail.

— Mais sinon, je nettoie moi-même jeudi.

— C'est ça. Le type a quitté l'hôpital et il a pris une chambre au Travelodge de Park Royal. On a pu louer une chambre au même étage que lui. Tu surveilleras tous ses mouvements. Je doute qu'il puisse conduire, il a été blessé à l'épaule il y a une semaine. Il prendra sans doute un taxi. Tu pourras faire comme d'habitude.

— Je suis son taxi en moto et, au premier bouchon ou au premier feu rouge, je fais un carton et je disparais, c'est bien ça que tu as en tête ?

Dans les hauts-parleurs, Roberta Flack a cédé la place à Carly Simon avec *You're So Vain*. Roman réfléchit.

— Mais s'il ne sort pas ? reprend-il. S'il est blessé, il va peut-être rester se reposer dans sa chambre ?

— S'il n'a pas bougé avant jeudi midi, tu lui règles son compte dans sa chambre. Vas-y à pied, pas en moto.

— Ah ah, s'esclaffe poliment Roman. Et pour elle, qu'est-ce qu'on fait ?

— On ne peut pas laisser passer. Il faut que tous ceux qui travaillent pour la Confrérie sachent que, avec nous, l'erreur n'est pas permise.

— Elle habite où ?

— Je ne sais pas. Personne ne sait. On ne la voit qu'à l'occasion de rares rencontres dans des lieux publics. Faisons des vœux pour qu'elle fasse ce qu'il faut avec O'Neill parce que ça nous donnera l'occasion de l'approcher.

— C'est un grand « si ».

— Non, je suis pratiquement sûr qu'elle va remplir son contrat.

— Bon. Comment est-ce qu'on fait ?

— Quand on a tout mis au point, elle a demandé qu'on scotche le paquet contenant son fric sous le banc qui se trouve à quelques mètres du Speke Monument aux Kensington Gardens. Tu la suivras quand elle viendra le récupérer, et, à la première occasion, tu agis. N'attends pas trop, elle sait mieux que personne se perdre dans la foule.

— Si on fait comme ça, je ne pourrai pas récupérer le fric. Ça ne me plaît pas.

— C'est comme ça. Il faut la payer, on n'a pas d'autre moyen de la trouver rapidement. D'autant plus que, après son cafouillage avec O'Neill, elle va peut-être flairer les ennuis et se dire qu'il vaut mieux disparaître et recommencer discrètement sa vie à San Francisco ou à Sydney. Et elle n'est pas connue de la police, ce qui veut dire que les caméras de reconnaissance faciale des aéroports la verront sans la voir. Nous avons le bras long, mais ça ne sert à rien.

— Compris.

— Elle viendra aux Kensington Gardens en personne, j'en suis sûr. Elle travaille toujours seule. Elle n'a pas tort. Quand personne ne sait rien, personne ne cafarde.

— J'agis sur place ?

— Non, c'est trop risqué. Pourquoi crois-tu qu'elle a choisi cet endroit ? À cette saison, il n'y a pas foule dans les parcs, et, crois-moi, tu n'as pas envie qu'elle te voie arriver. Elle est douée, je te l'ai dit.

— À quoi ressemble-t-elle ?

— Environ trente ans, taille moyenne, mince, cheveux bruns mi-longs. Mais attends-toi à tout, la plupart du temps elle porte une perruque. Elle ressemble à l'actrice Kristen Stewart et elle a le même regard froid.

— Comme description, c'est un peu vague.

— Ne t'en fais pas, tu ne risques pas de te tromper, elle aura un signe particulier : elle va balader sa main sous le banc et en arracher l'air de rien le paquet que j'y aurai scotché.

— Si je me trouve de toute façon sur place, je peux le placer moi-même, ce fric.

— Et si elle surveille les lieux de loin ? À sa place, je le ferais. Tu as envie qu'elle ait le temps de te détailler gentiment depuis son poste d'observation ? Tu penses que ça te simplifiera les choses quand tu la suivras ?

Quand Dee ouvre sa messagerie, elle découvre un mot à propos de vacances inoubliables et quel dommage qu'elle ne soit pas là, avec en annexe une photo insipide d'un hôtel au coucher du soleil avec des touristes qui affichent un air ravi en buvant au bord de la piscine des cocktails surmontés de ce qui ressemble à des sapins de Noël miniatures.

Après avoir transféré l'image sur son ordinateur, elle double-clique sur un fichier enfoui au fin fond de sa machine et qui porte le nom anodin de varxml2.py. Une fenêtre s'ouvre, elle y tape le nom de la photo et, quelques secondes après, elle peut y lire le message qui se trouvait dissimulé dans les pixels de l'image.

```
EXTRACTION...
MSG:
Erreur sur le frere O'Neill, c'est l'autre. Vous avez 48 h.
EXEC:
rm -P $HOME\Downloads\DSC_4233.JPG
FILE SECURELY DELETED
```

Catastrophe. Elle n'en revient pas. Quand elle a reçu les infos, elle a pourtant regardé la photo du type avec soin. Une quarantaine d'années, cheveux roux tendant à blanchir, calvitie naissante, un visage assez particulier. Mais elle se rend compte maintenant qu'il manquait une information capitale au dossier : le fait qu'il avait un frère qui lui ressemblait suffisamment pour qu'une confusion soit possible.

Il ne lui reste plus qu'à refaire le boulot et, cette fois, elle va y aller franchement. Elle n'a aucune chance de pouvoir camoufler la mort en accident après le festival des événements de ces derniers jours.

La bonne nouvelle, c'est qu'elle est l'heureuse propriétaire de dix jolis paquets de plastic et que O'Neill est sorti ce matin de l'hôpital. Ça ne devrait pas se révéler trop compliqué de monter une chausse-trape.

O'Neill s'est rendu chez lui pour voir comment se présente la situation. Il marche encore au tramadol, mais, maintenant, la douleur à son épaule est supportable. Il a l'impression d'être du bon côté.

Pour vendredi, à la signature du contrat de Canary Wharf, il pense qu'il sera presque remis. Ça vaudrait mieux sachant qu'il y aura plein de gens importants au cinq-à-sept qui suivra les signatures. Ça veut dire pas mal d'occasions de nouer des contacts potentiellement lucratifs. Il lui faudra être en forme et prendre son accent le plus distingué. Les intonations irlandaises ne sont pas très vendeuses dans le monde de l'immobilier de luxe.

Dans sa maison, les choses commencent aussi à avancer. Les travaux de réfection ont commencé ce matin.

Vers la fin de l'après-midi, les ouvriers sont partis l'un après l'autre et O'Neill est resté seul. Il s'occupe maintenant à faire du tri au premier étage.

L'escalier n'a pas encore été remplacé, mais une échelle a temporairement été fixée à sa place. Dans le but de respecter les normes de sécurité en vigueur, elle a même été flanquée d'une épaisse latte de bois qui fait office de rambarde.

O'Neill évite néanmoins d'y toucher. En arrivant, quand il a essayé, il y a récolté une écharde particulièrement mauvaise. Les normes de sécurité sont apparemment silencieuses sur la question de la finition des garde-fous. Et, bien sûr, quand il a pris des brucelles pour la retirer, elle s'est cassée tout net sous la peau et ça a été tout un cirque pour extraire ce qui en restait.

À la nuit tombée, Dee fait de nouveau son approche par le chemin-dépotoir qui longe l'arrière des propriétés.

La voiture de Jack est parquée devant le garage. Dee se faufile par le côté et il ne lui faut que quelques minutes pour s'allonger sous la portière avant, placer un pain d'explosif et scotcher les fils du dénotateur en bas de la portière. Il suffira qu'elle s'ouvre d'un ou deux centimètres seulement pour que le contact se fasse.

La jeune femme s'en retourne par où elle est venue.

Une fois arrivée au bout de la rue, elle appelle O'Neill par téléphone. Elle prend une voix haut perchée et le ton un peu ennuyé qui convient à une secrétaire consciente de son importance.

— Ici les assurances Bath Insurance. Je suis la secrétaire de Monsieur Henderson, le conseiller qui est venu expertiser les dégâts chez vous. Je vous appelle au sujet de votre voiture. Pourriez-vous m'indiquer son kilométrage exact, s'il-vous-plaît ?

— Son kilométrage ? Mais pourquoi en avez-vous besoin ? Quel rapport avec l'incendie ?

— Je ne saurais vous dire, je suis navrée. Monsieur Henderson m'a chargée de vous demander cette information, mais il ne m'a pas dit pourquoi il en a besoin.

— C'est dans les 50 000.

— Je vous remercie, Monsieur, mais Monsieur Henderson souhaiterait si possible connaître le chiffre exact.

— Bon, attendez un instant, je vais voir.

Suit le bruit d'une porte qu'on ouvre et l'écho de pas sur un dallage, puis le téléphone se coupe net.

Une fraction de seconde après, Dee entend une double explosion avec un cortège tintinnabulant de verre brisé qui semble ne jamais finir. Ça fait un barouf pareil, un kilo de C-4 ?

Opération réussie, mais les voisins n'auront pas aimé. Des vitres brisées en plein hiver, ça ne pourrait pas plus mal tomber.

Il ne lui reste plus qu'à poursuivre sa route jusqu'au Grand Union Canal et à y jeter son téléphone. Deux canards s'approchent illico en pédalant énergiquement mais semblent se rendre compte tout de suite qu'il n'y a rien à glaner. Ils repartent la tête haute.

Dee se dit qu'il faut qu'elle achète du pain et qu'elle vienne faire une balade le long de ce canal un de ces jours. Ça la changerait du Regent's Canal et de sa sarabande de touristes. Il y en a même en janvier. Ils viennent peut-être pour le marché de Camden Town ? Comment peut-on aimer ce genre de kermesse attrape-touristes ?

Son client ne sera certainement pas très content de voir que le montage originel a fait long feu. Pour la simulation du suicide, c'est raté, mais le résultat est atteint, voilà l'essentiel. Se trouver à un mètre d'un kilo de plastic qui explose, ça ne laisse aucune chance de s'en sortir en un seul morceau. Elle ne peut pas s'empêcher d'ébaucher un sourire. Le légiste va pester devant le sac qui contiendra les restes de la malheureuse victime.

En rentrant chez elle un sac isotherme Iceland à la main, Dee tombe sur Gerwin, son voisin, campé sur le trottoir devant chez elle. Comme toujours, il est hargneux et il tangue.

— Je vous attendais.

— Ah oui ? fait-elle d'un ton polaire.

— Vous vous croyez propriétaire de la rue ? Vous vous garez toujours juste en face de ma place de parc, ça m'empêche de sortir.

— Essayez quand vous n'êtes pas ivre et braquez votre volant à fond, ça aide.

— Ah ah, vous essayez d'être drôle ?

— Bon, au revoir, j'ai beaucoup à faire.

— Quoi ?

— Je dis que j'ai beaucoup à faire.

— Tu parles. Vous n'avez rien à faire sauf mettre le contenu de votre sac dans un micro-ondes et sortir une bière de votre frigo. C'est tout ce que vous savez faire dans une cuisine. S'ils vous connaissaient, à Iceland, ils mettraient en vente des toasts congelés avec le beurre dessus.

En claquant férocement sa porte derrière elle, Dee se rend compte qu'elle en a plus qu'assez de son voisin.

Les décombres du garage recouvrent toute la propriété. Au milieu, les restes tordus de la voiture ressemblent à une sculpture brunâtre. Les projecteurs apportés par la police illuminent le tout d'une lumière violente et les mouvements des combinaisons blanches des techniciens donnent à la scène une allure de spectacle fantômatique.

Abasourdi, l'inspecteur White secoue la tête.

— C'est pas possible, encore une victime. Cet endroit est le plus dangereux de Londres.

Comme pour lui donner raison, un des hommes en combinaison blanche marche sur une planche qui se trouvait en équilibre instable sur un bout de madrier. Elle lui jaillit à la figure et le choc le fait semer autour de lui ce qu'il tenait en main avant de le lancer dans une revue de jurons qui se révèlent difficiles à comprendre parce qu'il tient son nez dans ses mains.

Madiha Khan a déjà vu ce coup du rateau dans de vieux films comiques, mais, visiblement, ça peut se produire dans la vraie vie aussi.

Les choses auraient pu en rester là, mais les deux collègues les plus proches du blessé décident d'accourir à son secours. Khan se demande à quoi ils vont bien pouvoir être utiles et observe les événements avec curiosité.

Le problème est qu'il ne faut pas courir dans un champ de décombres, et la première secouriste en fait immédiatement l'expérience : elle n'a pas fait un mètre qu'elle se tord la cheville. Elle s'arrête aussitôt dans son élan et commence à tourner en rond à cloche-pied en se tenant le pied et en grimaçant. White se penche vers Khan.

— La pauvre ! murmure-t-il. Mais, au moins, elle ne jure pas, elle.

— Vous n'êtes pas très charitable, inspecteur, s'amuse Khan.

Le second secouriste, lui, met le pied dans un carreau de fenêtre. Par chance, il ne reste plus de fragment de verre car l'explosion a procédé à un coup de balai complet de toutes les surfaces de verre dans un rayon de plusieurs dizaines de mètres à la ronde. Mais, par malchance, le cadre de bois, lui, est resté intact et chaque carreau fait office de piège. Le technicien en déséquilibre agite les bras comme un moulin mais il parvient miraculeusement à retrouver son assiette.

— Il faut noter que les choses s'améliorent, constate Madiha Khan. Cette fois-ci, on a un cadavre. Ça nous change des balles sans victimes. Et, grâce à la caméra du MI5, on sait même à quoi ressemble le meurtrier.

— Oui, mais ça ne nous aide pas beaucoup. Avec sa capuche rabattue jusqu'au menton, son visage est resté invisible. Pour ce qu'on en voit, ça peut être n'importe qui. Tout ce qui ressort des images, c'est qu'il est en surpoids mais en bonne forme physique. Dans le pays, il doit y avoir dix ou vingt millions d'hommes dans ce cas.

— On sait quand même aussi qu'il possède une doudoune de couleur gris anthracite et des pantalons de jogging noirs ou peut-être bleu marine.

White renifle.

— Ça laisse sûrement quelques millions de suspects possibles.

12. Mercredi 24 janvier

Aux Kensington Gardens, il y a plus de monde que Dee ne l'avait prévu. Ce sont surtout des flâneurs qui promènent leur chien et des joggeurs. Il y a aussi des essaims de gens qui rentrent du boulot à vélo et qui foncent à une allure telle qu'elle se dit qu'ils auraient toutes leurs chances au Tour de Yorkshire. En fait, elle se demande comment ils font pour passer devant les caméras de contrôle de vitesse sans se faire flasher.

D'après ce qui a été décidé avec son client en échangeant d'autres photos de lieux touristiques, son argent est censé être scotché sous le banc du Speke Monument à 16 heures.

Depuis le début de l'après-midi, elle tourne à bonne distance autour de l'endroit le long de Bayswater Road et au fil des chemins des Kensington Gardens. Les arbres sans feuilles permettent une surveillance de loin, c'est parfait.

Pour se rendre anodine, elle a pris avec elle un paquet de cacahuètes et elle nourrit les écureuils, mais ils n'ont plus faim et ils préfèrent enterrer sur place ce qu'elle leur lance. Deux pies suivent leur manège en se pourléchant les babines, et, au fur et à mesure qu'ils se déplacent, elles les suivent et engloutissent les fruits qu'ils viennent de cacher.

Peu avant l'heure prévue, un type vient s'asseoir sur le banc du monument, pose son imperméable sur ses genoux et reste assis un moment avant de reprendre son chemin. Il a fallu être très attentif pour s'apercevoir que, entretemps, il a fixé quelque chose sous son banc.

Un moment après, Dee prend le paquet et se métamorphose en joggeuse au grand dam de Roman qui était prudemment resté loin de l'action pour éviter d'être repéré. Elle est visiblement en bonne forme physique et elle va vite. Il a de la peine à tenir le rythme, mais il joue de chance. Elle a laissé sa voiture au parking de Bayswater Road et lui a garé sa moto tout à côté. Il peut attendre qu'elle sorte. Il ne restera plus qu'à la suivre.

Dans le monde criminel, il y a deux catégories de gens. Il y a les petits malfaiteurs, qui vivent de trafic de drogue ou d'autres activités illégales et qui jouent au yoyo : ils passent quelques mois en liberté, puis quelques mois en détention, puis de nouveau quelques mois dans la rue, et ainsi de suite, à part que, au fil des années, le temps passé dedans s'allonge et celui passé dehors se rétrécit. Cette vie bien réglée dure jusqu'au jour où l'abus de tabac, d'alcool et d'autres substances malsaines entraîne leur fin prématurée.

Et puis il y a les vrais truands, dont l'avenir professionnel se résume pour l'essentiel, à long terme, à prendre perpétuité ou à se faire tuer. Ce sont les gens comme les frères Reginald et Ronald Kray ou cette autre paire célèbre, Charlie and Eddie Richardson.

Les uns et les autres ont deux points communs : ils se prennent pour les rois de la rue et leur santé mentale est sujette à caution.

En règle générale, les capacités intellectuelles de ces principicules naviguent entre l'insuffisant et le médiocre, mais il y a des exceptions, une fine fleur du crime qui sait s'abriter derrière des activités légales et mettre des intermédiaires entre eux et leurs activités de manière à rester largement hors de la portée de la loi. Leur arme préférée, c'est le téléphone à usage unique, pas la mitraillette.

Davide Parietti appartient à cette élite, et il vit dans un quartier bourgeois où ses voisins sont cadres, petits patrons ou enseignants. Tous ses voisins le prennent pour un monsieur cultivé qui travaille comme administrateur ou quelque chose comme ça dans un cabinet d'hommes de loi de la City.

En face de chez lui, il y a un couple de professeurs nommés Stevie et Mary Anne. Stevie enseigne la littérature anglaise et Parietti a avec lui des discussions sur des sujets improbables comme le fait que, contrairement à ce qui se raconte, Jane Austen n'a jamais écrit que « la vie semble n'être qu'une succession de mille riens » — mais qu'elle aurait pu le faire — ou celui que la traduction par Robin Buss du *Comte de Monte-Cristo* a su rendre le style orné de la version originale de l'ouvrage.

En tant que membre de la Confrérie, Roman fait partie des vrais truands tout comme Parietti, mais, contrairement à lui, c'est un type intellectuellement limité qui ne comprend que le langage de la violence. Cela ne l'empêche pas de se considérer comme l'aigle qui plane au-dessus d'un monde de moutons.

Il est aussi tellement macho qu'on pourrait se demander qu'il ne s'agit pas d'une forme de trouble psychique. En surveillant Dee, il s'imagine dans le rôle de l'oiseau de proie prêt à fondre sur la sotte lapine.

Mais, parfois, il vaut mieux éviter des prendre ses rêves pour des réalités. Dee n'a pas eu besoin de plus de cinq minutes pour repérer cette moto noire qui la suivait, cela d'autant plus que le pilote avait une combinaison et un casque intégral également noirs et une visière à l'avenant, une vraie tenue à la Dark Vador qui plaît infiniment à Roman. Il a choisi cette visière pour éviter d'être identifiable sur les images des caméras de surveillance, mais elle le rend aussi voyant que le séide de l'empereur Palpatine.

Cette apparition vient peu après le message que Dee a reçu au sujet de son erreur sur le frère O'Neill, et elle sait additionner deux et deux. Ils n'ont pas aimé son échec et ils n'ont plus confiance en elle. Elle est devenue une cible à son tour.

La réponse à ce défi va devoir se faire en deux temps. La phase une va consister à éliminer la menace au plus vite et la phase deux à changer d'air sans trop attendre étant donné qu'un nouveau tueur remplacera inéluctablement le type en noir. Ce nouveau protagoniste pourrait se révéler plus malin, ce qui ne paraît pas excessivement difficile.

À la réflexion, la police et l'âge ne constituent pas les deux seules raisons de prendre sa retraite. Il y a aussi les clients mécontents.

Pour Dee, un type à moto qui colle à ses déplacements offre la solution sur un plateau. La région du Snowdonia National Park va fournir le terrain qu'il faut à ses projets.

Derrière elle, Roman est à l'affut d'une occasion mais sa cible sait se faufiler dans le trafic. Cela dit, il est convaincu qu'elle ne se doute de rien et il n'est pas pressé. Tôt ou tard, des feux lui permettront de se placer au bon endroit et d'attendre qu'ils passent au vert pour tirer sur elle, foncer et se perdre dans les rues. Au pire, il agira quand elle arrivera devant chez elle.

Il faut un bon moment pour parvenir au pays de Galles et le soir tombe quand Dee se retrouve sur une de ces petites routes de montagne typiques de la région. Elle est déserte, ce qui n'a rien de surprenant en janvier. La jeune femme roule aussi vite qu'elle peut pour obliger son Dark Vador de pacotille à se concentrer sur sa conduite. On est entre chien et chat, une situation pas toute simple pour un motard. Son phare ne s'adapte pas aux virages de la route aussi bien que ceux d'une voiture.

À la sortie d'un virage masqué, elle pile sur les freins et parvient en quelques secondes à tourner sur route et à bloquer en diagonale toute la largeur de la chaussée. Par prudence, elle présente son côté passager à son poursuivant histoire d'éviter de se faire blesser si par malheur il heurtait la voiture.

Elle a à peine fini sa manœuvre que la moto arrive à fond de train. Les choses se passent au mieux. Pris complètement au dépourvu, le type évite par réflexe de percuter la voiture et il sort de la route dans un envol qui pourrait à la rigueur rappeler celui de l'aigle qu'il a pour modèle mais qui se termine moins bien. Le paysage des montagnes galloises ressemble souvent à des amoncellements de pierres et c'est contre un énorme rocher que le conducteur de la moto s'écrase comme une mouche sur un pare-brise.

Dee sort de son auto avec sa lampe de poche et analyse la situation depuis l'accotement. À voir l'angle que fait le cou du type, il ressemble à ces poupées de son informes qui se vendaient il y a longtemps, avant que les barbies n'arrivent avec leurs formes élancées.

Fin de la phase une.

Tout va bien, aucun véhicule n'a fait son apparition pendant les événements et les restes de l'accident sont pratiquement invisibles de la route. Ils ressemblent à un amas noirâtre sur fond grisâtre. Personne ne s'apercevra de quoi que ce soit avant demain au mieux. Mais, de toute façon, elle est tranquille. Un motard qui sort de la route, un accident si commun. La règle numéro un de Dee est mieux que respectée : l'accident semblera évident.

Elle reprend son chemin en sens inverse en mettant la radio à fond. Sur BBC 1, elle tombe sur *Blinding Lights*

du Weeknd. Les tonalités un peu symphoniques de ce son
répondent splendidement à son humeur du moment.

13. Mercredi 21 février

Les semaines passant, le jour se lève plus tôt et on pourra bientôt cesser de se lever quand il fait encore nuit.

Au petit matin, dans une rue de la banlieue sud de Birmingham, un homme sort de son domicile, regarde avec humeur la voiture garée devant lui dans la rue, retourne en coup de vent chez lui et apostrophe sa femme.

— Tu as vu ta Fiesta? L'aile avant gauche est abîmée, et tu crois que le responsable des dégâts aurait laissé un billet sur le pare-brise? Rien!

— C'est pas vrai?

— Il y a vraiment des gens malhonnêtes. Bon, peu importe. Elle a 180 000 kilomètres, ça ne fera qu'avancer un peu son départ à la casse.

— Sans parler des perforations de rouille qui apparaissent de-ci de-là. Il y en a une sur le fond de caisse qui s'élargit de manière inquiétante, observe-t-elle. J'allais t'en parler.

— Et les trucs qui lâchent les uns après les autres, appuie son mari. Le dernier, c'était le mois passé, la pompe à essence, tu te souviens? Je suis inquiet chaque fois que tu te rends sur la M42. Tu imagines, si tu tombes en panne en dépassant un camion? Sur une autoroute à trois voies, c'est dangereux, surtout que les poids lourds adorent gratter leurs collègues même quand ils ne roulent qu'un ou deux kilomètres/heure plus vite que celui qu'ils dépassent. À cause de ça, on se retrouve coincé sur la troisième voie pendant je ne sais combien de temps.

Sa femme passe un manteau et sort voir les dégâts.

— Dis-moi, les dommages ne sont pas si graves que cela.

— L'aile est toute propre, la déformation se voit bien.

— Tu as nettoyé mon auto ? demande sa femme, interloquée. Elle n'a jamais été si rutilante.

— Non, je n'ai rien fait. Tu dois te tromper. Ou alors c'est la pluie qui l'a lavée.

— Au fond, on s'en fiche. Cabossée ou pas, propre ou pas, de toute façon, je n'en veux plus.

— Tu as raison. Tu sais ce que tu voudrais à la place ?

— Une de ces petites citadines faciles à garer. Mais, cette fois, évitons le gris. Je suis fatiguée de cette couleur, si on peut appeler ça une couleur. Un beau bleu m'irait très bien.

À Thames House, Thompson s'intéresse personnellement à l'affaire de la disparition de Turner et Brown. Il a demandé à son adjointe, Rhian Gray, de suivre l'évolution des choses et de le tenir au courant.

Dans le bureau de Gray, il y a un collègue de Paula Turner, un certain Alan Richardson. Il est flanqué de son partenaire, Jamie Payne.

— Alors, notre caméra a enregistré les événements ? s'exclame Gray. Pouvez-vous m'expliquer pourquoi est-ce qu'on n'a rien fait ?

— Tout s'est déroulé trop vite, répond Richardson. La voiture se trouvait devant le garage, dans le champ de la caméra, mais, au premier abord, l'opératrice a cru qu'elle voyait O'Neill sur les images. Quand il s'est couché, il a disparu des images parce que l'auto bouchait la vue de la caméra, mais l'opératrice s'est imaginée qu'il vérifiait juste quelque chose. Au moment où il s'est relevé, elle a pris conscience qu'il était plus gros que Jack O'Neill et elle s'est rendu compte qu'il se passait quelque chose de pas catholique, mais c'était trop tard. Trois minutes après, O'Neill est sorti le téléphone à l'oreille. Sur la dernière image, on le voit commencer d'ouvrir la portière de son auto, et puis plus rien.

— L'assassin, on le discerne bien sur les images ?

— Non, regrette Richardson. Il porte une doudoune sombre et il a soigneusement gardé son capuchon rabattu.

— On aurait dû placer une caméra sur le sol, intervient Payne. Pour voir sous son capuchon.

Gray lui jette un regard courroucé.

— Homme ou femme ? demande-t-elle.

— La silhouette indique un homme rondelet, répond Richardson, et le choix d'un explosif comme arme va dans le même sens. D'habitude, les femmes montrent plus de finesse dans les moyens qu'elles emploient. Elles ne savent pas comment s'y prendre avec les explosifs et elles en ont peur. La seule chose de sûre, c'est qu'il s'agit de quelqu'un de pas très grand, autour d'un mètre soixante-dix, et, d'après l'agilité de ses mouvements, on dirait qu'il est assez jeune. En rampant sous la voiture, il a dû laisser des traces, mais tout est parti en chaleur et en lumière.

— L'explosif ? Il y a quelque chose à en tirer ?

— Nos spécialistes ont établi qu'il s'agit de C-4 à usage civil, et, à en juger par les dégâts, ils pensent que le type en a employé un kilo. On a mis le paquet pour savoir qui en a acheté ces derniers temps. Il n'en sort rien pour l'instant mais on ne lâche pas l'os. On est optimistes, il y a peu de vendeurs possibles à Londres et pas tellement plus dans le pays.

— Il faudra creuser du côté de l'Irlande. Faire sauter des voitures, c'est une spécialité de l'IRA. Rappelez-vous l'attentat de 2019 devant le tribunal de Londonderry. Et sinon, vous voyez quelque chose d'autre ?

— La quantité d'explosif surprend un peu les gens du labo, dit Richardson. Une quantité moindre aurait suffi. Avec un kilo, notre homme n'a pas fait dans la dentelle.

— Surtout qu'il y avait deux bouteilles de 15 kilos de propane dans le garage, relève Payne. Les pompiers sont presque sûrs qu'elles devaient être pleines. Elles expliquent la seconde explosion qui s'est produite une fraction de seconde après celle du C-4. Tout a été réduit en miettes. Il n'y a plus de garage. On a retrouvé des bouts de bois jusque dans les jardins des voisins.

— Qu'est-ce que ce gaz faisait là ? interroge Gray.

— On ne le sait pas. Peut-être que O'Neill avait une résidence secondaire et qu'il en avait l'usage là-bas ?

— Ce qui est troublant, note Richardson, c'est que l'explosif employé est compatible avec les traces qu'on a relevées mercredi dans la voiture de Kevin O'Neill. Il se pourrait donc qu'on se trouve en présence d'un explosif qui a voyagé depuis le coffre de la voiture de Kevin jusqu'au garage de Jack, sauf qu'il n'a vraiment pas pris une ligne droite pour aller de l'un à l'autre. Il y a eu une étape intermédiaire. En supposant que ce scénario se révèle exact, il faudrait qu'on sache par où il a transité entre les deux et quel est le lien entre les deux frères et le tueur.

Le silence tombe dans la pièce. Chacun réfléchit.

— Il se passe un autre truc vachement bizarre dans cette maison, intervient Payne. Chaque jour qui passe ou presque, une moquette s'égare on ne sait où. Elle disparaît.

Gray est pensive. Ce foutoir commence à lui sortir par les trous de nez.

— En fait, est-ce que cette histoire O'Neill nous regarde vraiment ? La victime travaillait dans l'immobilier, je ne vois pas bien la connexion avec la sécurité nationale. Et la police est sur l'affaire de toute façon.

— Il y a une chose que je trouve importante, répond Richardson, c'est que les deux frères faisaient des métiers complètement différents, se téléphonaient quand il leur tombait un œil et habitaient très loin l'un de l'autre. Ça ne me semble pas compatible avec une association entre eux. Le seul lien entre les deux hommes, c'est le fait qu'ils viennent du Bogside à Londonderry. Ça pourrait bien nous renvoyer aux indépendantistes d'Irlande du Nord. Quoi qu'il en soit, les rebondissements de ces derniers jours indiquent une grosse affaire. Deux morts et combien de disparus ? Trois ? Quatre ? On essaye en ce moment de remonter le scénario à partir des gens que nos caméras ont vus, des traces de balles dans les cloisons et des taches de sang.

— On ne cherche manifestement pas un assassin isolé, relève Payne. Il y a plusieurs intervenants dans ce bazar. On cherche une organisation. Et ça nous ramène à la nécessité d'enquêter du côté de l'IRA. N'oublions pas que, dans ces événements, le premier mort était un trafiquant d'armes nord-irlandais.

À Scotland Yard, White et Khan font une pause en buvant la lavasse qu'a dégorgé la machine à café du corridor à côté de leur bureau.

— À Nouvel-An, dit Madiha Khan, j'étais à Paris en vacances et j'ai pris une fois un taxi. C'est très différent de Londres, les conducteurs n'arrêtent pas de dialoguer entre eux.

— Comme ça, d'un taxi à l'autre ?

— Oui.

— Qu'est-ce qu'ils se racontent ?

— Ça, je n'en sais rien, je ne comprenais pas, ils parlaient vite et pas du tout comme ma prof de français à l'école. Mais, à voir le doigt qu'ils dressaient, ça n'était pas des compliments.

Elle avale une gorgée sans enthousiasme.

— Ce matin, je repensais à l'incident du Daily Mail, dit-elle. Je suis bien contente que le DPS ait découvert l'auteur des fuites, ça nous met hors de cause. Pauvre Stephen, quand même. Flic proche de la retraite hier, viré comme un malpropre et sans travail aujourd'hui. C'est un ours grognon, mais pas un mauvais type.

— Il paraît qu'il va reprendre un pub dans un village appelé Ardley, à quelques kilomètres de Bicester.

— Bicester, dans l'Oxfordshire ? Là où les meutes de touristes vont en autocar depuis Londres pour faire de bonnes affaires ?

— Exactement. Ardley se trouve à six ou sept kilomètres de là. Il a trouvé un pub pas cher là-bas. Il a eu le tuyau d'un ami à lui qui travaille pour Aston Martin et qui demeure dans le coin.

— Comment les enquêteurs du DPS ont-ils fait pour découvrir le pot aux roses ?

— En lisant l'article, ils ont eu l'impression que le reporter savait tout, comme s'il avait écrit son texte en ayant les rapports devant les yeux, et ils se sont dits que, peut-être, c'était bien le cas. Alors ils ont demandé le journal des impressions effectuées par notre équipe (vous savez que tout est consigné, il faut bien que la direction administrative ait des munitions quand elle nous reproche de gaspiller du papier), et bingo, ils ont découvert que notre chère Snow Queen avait craché tous les rapports 24 heures avant la parution de l'article. Et devinez qui avait demandé ce paquet ? Stephen, évidemment. Personne d'autre n'avait imprimé toute la fournée d'un coup, et en plus il l'a fait le jour précédant la sortie des infos.

— OK, mais ça reste indirect comme preuve.

— C'est vrai, mais Stephen n'avait pas de raison de tout imprimer, et s'il l'avait fait pour se plonger dans l'affaire avec la conscience professionnelle que notre directrice attend de nous, on aurait retrouvé tous ces documents sur son bureau avec plein de notes manuscrites en marge. Or rien. Il a d'abord prétendu avoir tout jeté, mais ça manquait vraiment de vraisemblance. Le réservoir de sa déchiqueteuse était presque vide, et il en allait de même pour les autres. Pas de bol, elles avaient toutes été vidées le soir précédent par l'équipe de nettoyage. Alors ils ont mis la pression et il a fini par avouer.

— Est-ce qu'il a expliqué son geste ?

— Plus ou moins. Il s'est plaint d'être victime de mobbing de la part de ses chefs et que cela lui avait donné envie de prendre sa revanche. Vrai ou pas, on ne le saura jamais étant donné que, après son interrogatoire par les gens du DPS, il est sorti aussi sec de nos locaux escorté par deux agents. Ils ne l'ont même pas laissé aller prendre ses affaires dans son bureau. La secrétaire d'Evans s'est chargé de les réunir et c'est une voiture de police qui les lui a apportés le lendemain à son domicile.

— Son pub, il va peut-être le financer en partie par ses intrigues journalistiques ?

— Les tabloïds ne payent plus autant qu'à l'époque où il fallait acheter un journal en papier pour lire les nouvelles. Aujourd'hui, on ne parle plus que de quelques milliers de livres dans le meilleur des cas. Et Stephen a été dénoncé aux services du procureur chargé des affaires internes de la police. Le rôle du DPS s'arrête là, mais la justice entre dorénavant en jeu et il n'en a pas fini avec elle. Ça risque bien de lui coûter plus cher que ce que son coup avec le Daily Mail lui a rapporté.

— Et de l'affaire elle-même, en avez-vous des nouvelles fraîches ? Ça fait maintenant un bon moment que je ne suis plus dessus.

— Non, on n'a rien trouvé de nouveau. C'est pratiquement une affaire classée. On peut être sûr que Kevin O'Neill a été tué par un inconnu, mais par qui et pourquoi, c'est la bouteille à l'encre. Puis Jack O'Neill s'est fait tirer dessus par un inconnu, le même ou un autre, on n'en sait rien non plus. Ensuite, un troisième inconnu s'est aussi fait tiré dessus ; dans cet accrochage, y a-t-il eu un blessé, ou un mort, on n'en sait de nouveau rien. Le tireur et la victime se sont tous les deux évaporés. Et enfin, deux agents du MI5 ont disparu, et où est-ce que leurs téléphones se sont définitivement tus ? Encore et toujours au même endroit, bien sûr. Et que leur est-il arrivé, à ces deux agents ? Évaporés eux aussi. On a cherché dans toutes les directions, mais zéro, nix, nada.

— Depuis, il y a du neuf ?

— Au début, entre le MI5 et nous, nous étions huit ou dix sur l'affaire, mais, faute de savoir quoi faire, on est en panne depuis une quinzaine de jours et plus personne ne travaille à plein temps dessus.

— Rien non plus du côté des milieux criminels ? Des rumeurs qui seraient venues aux oreilles de l'un ou l'autre de nos informateurs ?

— Silence radio. Personne n'a entendu parler de quoi que ce soit. Ça paraît presque insolite. D'habitude, quand on leur parle d'une grosse affaire, on sent chez nos indics un trouble, une gêne, quelque chose. Mais là, ils ont juste l'air de tomber des nues. Quelques uns connaissent Kevin O'Neill et ses activités de trafic d'armes, mais il ne circule aucune rumeur qui indiquerait que des clients à lui auraient des raisons de se plaindre à son sujet. Il est connu comme un type régulier. Il vend des armes plutôt que des choux-fleurs, mais, finalement, il le fait avec la même honnêteté qu'un maraîcher.

— Et au MI5 ?

— J'ai discuté deux ou trois fois avec Richardson par téléphone. D'après ses informations, ils se trouvent exactement dans la même situation que nous. Leurs deux collègues sont portés disparus depuis le 21 janvier. Richardson et son équipe ont longuement creusé du côté de la Nouvelle IRA et même du Sinn Féin, mais ils n'ont pas dégoté la moindre piste à suivre. Ils ont aussi pas mal d'écoutes clandestines en place, mais aucune des conversations qu'ils ont surprises ne leur a apporté d'informations. En fait, les gens qui connaissent les victimes se posent apparemment les mêmes questions que nous. Le meurtre de Kevin O'Neill les inquiète. Ils se demandent ce qui a pu partir en couille.

— Est-ce que la clé pourrait se trouver ailleurs ?

— Richardson a également cherché du côté des Écossais...

— Les Écossais ? interrompt Khan. Le MI5 ? En quoi est-ce que l'Écosse concerne le contre-espionnage ?

— Avec les succès du Scottish National Party, l'Écosse intéresse désormais le MI5 au même titre que l'Irlande du Nord.

— Ah oui, ça paraît logique.

— Cela dit, pour revenir aux frères O'Neill, les gens de la Box ont analysé les enregistrements vidéos des hôtels de la banlieue ouest de Londres ainsi que les listes de passagers des compagnies de transport aérien et les images des aéroports, mais ils ont fait chou blanc. Aucune équipe de l'IRA n'est venue ici. Notre seul espoir, c'est que quelque chose de nouveau surgisse, mais je suis pessimiste. Si le ou les meurtriers ont su rester sous les radars pendant un mois, je ne vois pas pourquoi ils feraient une erreur maintenant. Vous le savez comme moi, les premiers jours sont essentiels dans ce genre d'enquête.

— Et les trois Nord-Irlandais ?

— Pareil. Ils sont rentrés chez eux et ont repris leur train-train quotidien. Le MI5 les tient à l'œil, mais ça n'a pas de relation avec O'Neill. Ils se trouvent dans le collimateur de Thames House depuis plusieurs années, particulièrement le grand, celui qui a cet énorme chien. Ils se demandent s'il ne fricoterait pas dans la fabrication d'engins explosifs. Mais rien n'est sûr. Ils ont visité sa maison une ou deux fois sans résultat. Ils n'ont découvert aucun précurseur. Pas de nitrate d'ammonium, de peroxyde d'hydrogène, d'acétone, ce genre de choses. Il est blanc comme neige ou particulièrement prudent.

— J'aimais bien leur chien.

— Tiens, c'est marrant que vous en parliez. Richardson m'a dit qu'il vient de passer deux jours dans une clinique vétérinaire, mais il va bien maintenant. Le véto pense qu'il a dû manger quelque chose qui ne lui a pas convenu, mais quoi, il ne sait pas.

14. Jeudi 29 mars

Le couple de Birmingham a déniché une petite auto d'un joli bleu soutenu.

Elle se trouve dans le jardin devant leur pavillon. Cet emplacement n'est pas le plus pratique eu égard au fait qu'elle emcombre la voie d'accès au garage, mais ça leur a paru plus sûr que de la laisser dans la rue.

La question de savoir comment l'aile de la Fiesta a été enfoncée est restée sans réponse. Comme les dégâts se situaient trop hauts pour avoir été causés par le pare-choc de la voiture parquée devant, l'hypothèse que le garagiste a retenue — avec tiédeur et faute de mieux — a été qu'un passant qui portait quelque chose de lourd l'a cogné contre la voiture.

— La couleur te plaît ? s'enquiert le mari. Le vendeur m'a dit que c'est bleu pétrole, mais le fabricant l'appelle bleu roi parce qu'il paraît que « pétrole » manque de distinction ; ça fait un peu produit de nettoyage.

— Bleu royal ou pétrole, elle me plaît beaucoup, s'exclame sa femme. Et qu'est-ce qu'il a fait de ma Fiesta ?

— Partie à la casse.

— Qu'est-ce qu'ils font des épaves ? Ils les stockent dans un coin ?

— Non, ils ont de grosses machines qui les broient en petits morceaux et qui trient automatiquement le fer, l'aluminium et d'autres matériaux. J'ai vu un reportage là-dessus à la télé il y a quelques semaines.

— C'est bête, j'avais dans la voiture un petit stock de pièces de monnaie pour les parkings payants et j'ai oublié de les récupérer.

— Le broyeur les aura crachés dans le bac qu'il faut.

— Ah bon ? Alors un ouvrier va peut-être les trouver ? Il sera ravi, il y a bien dix livres, de quoi s'offrir quelques bières.

En revenant du dernier fish and chips du quartier où elle a opté pour un cabillaud qui s'est hélas révélé accompagné de frites d'une langueur peu appétissante, Dee tombe sur sa voisine Mandy qui patrouille la rue pour (accessoirement) promener sa chienne et (principalement) mettre son nez dans les affaires des voisins. On en apprend des choses quand on promène Molly, d'autant plus qu'elle ne se presse pas quand il s'agit de renifler les poteaux. On a tout le temps d'observer les alentours.

— Bonjour mon chou. Comment allez-vous ? Il y a longtemps que je ne vous ai pas vue.

Dee sait que, dans la bouche de sa voisine, ces mots signifient en fait « qu'est-ce que vous avez fait ces derniers jours ? », que des informations vagues attireront d'autres questions et que ça peut durer longtemps. Quand Mandy veut savoir quelque chose, elle s'accroche.

— C'est vrai ! J'ai pas mal travaillé dans le nord ces temps. Un gros client à Oldham. J'ai dormi sur place à l'hôtel.

Oldham lui est venu à l'esprit parce que c'est la ville qui a abrité l'un des tout premiers fish and chips dans les années 1860.

— Ah ? Vous êtes dans les finances, c'est bien ça ?

— Oui, je fais du conseil. Surtout de l'actuariat, ce genre de choses, vous voyez.

Mandy approuve de la tête d'un air entendu. Elle ne voit pas. Elle en sait autant sur la science actuarielle que sur la théorie des quanta, c'est-à-dire rigoureusement rien, mais elle ne tient pas à ce que ça se sache.

— Ah oui, je comprends. Un travail intéressant mais tout à fait confidentiel, n'est-ce pas ?

— Exactement, répond Dee tout en amorçant un mouvement en avant.

Ses frites refroidissent et elle n'a pas trop envie de mettre son repas dans le micro-ondes parce que, avec toute cette huile, il lui faudrait nettoyer l'intérieur du four après. Mais Mandy ne cède pas un pouce de terrain.

— Vous avez appris la nouvelle à propos de Gerwin ?

— Non, que se passe-t-il ?

— Une histoire incroyable. Hier soir, il rentrait de son pub et comme d'habitude il était soûl comme un cochon. Et qu'est-ce qui s'est passé ? Une voiture a surgi et l'a renversé. Il paraît qu'il est mort sur le coup. Fracture du crâne.

— Non ? Mon Dieu !

— Oui, un chauffard. Il roulait sur le trottoir à toute vitesse, vous vous rendez compte ? Un autre pochard, sûrement. Enfin, voilà.

— Mon Dieu ! répète Dee faute de trouver mieux.

— Il ne faut pas dire du mal des morts, mais j'imagine que vous ne le regretterez pas tellement, votre voisin. Vous ne pouviez pas le voir en peinture, n'est-ce pas ?

— Oh, c'est beaucoup dire. Il m'était plutôt indifférent.

Mandy n'apparaît pas convaincue, mais elle poursuit.

— Le conducteur a pris la fuite et la police le recherche. Ils ont interrogé tout le monde dans la rue, mais personne n'a pu les renseigner. Le son d'une voiture qui roule, ça ne jette pas les gens aux fenêtres, et il semble que le choc entre le véhicule et le pauvre Gerwin n'a guère fait de bruit, en tout cas pas assez pour alerter quelqu'un. Je pense que les voisins étaient devant la télé et qu'ils ne faisaient pas attention.

— Qu'est-ce que la police vous a dit ?

— Selon eux, l'examen des lésions du corps montre qu'il s'agissait d'une petite voiture de couleur gris clair. Ils m'ont parlé de Ford Fiesta, mais ça ne me dit pas grand chose. Moi, les autos, vous savez ! Mais Stuart, mon voisin, m'a appris qu'il y en a des paquets sur les routes.

— Ah ?

— Et Stuart pense que c'est sûrement quelqu'un d'ici du moment que cette rue n'est empruntée que par les gens du coin. Moi, je m'attends à tout. Qui sait, on a peut-être affaire à un étranger ? Rouler sur le trottoir, ça n'est pas normal. Ce serait bien d'un étranger.

— En tout cas, c'est malheureux pour Gerwin, soupire doucereusement Dee. Il n'aura pas pu profiter de sa retraite bien longtemps.

— Il travaillait dans quoi ?

— Au service des impôts, je crois.

— Tiens, des histoires de finances, comme vous.

— J'ai aussi une pensée pour le conducteur qui a écrasé Gerwin, il doit se juger horriblement coupable, lance Dee qui ne se sent pas d'aise à l'idée d'avoir trouvé un commentaire aussi compatissant.

Sur quoi l'épagneul va renifler quelque chose sur la gauche, ce qui donne à la jeune femme l'occasion de se couler prestement sur la droite de son interlocutrice et de filer vers sa porte en faisant un salut amical d'une main tout en tenant son poisson tiédasse et ses frites avachies de l'autre. Mandy a juste le temps de lui adresser le mot de la fin.

— Mon chou, vous verrez, quand vous aurez atteint mon âge, vous n'entretiendrez plus de telles illusions sur les gens.

Au commissariat de Chiswick, trois hommes sont assis sur leur bureau tout en étanchant leur soif autour d'un pot de café.

Le sergent se marre.

— On vient de me signaler une drôle d'affaire : un vol d'usage de bulldozer. Quelqu'un en a fauché un dans le chantier de la voie ferrée et s'est baladé avec avant de l'abandonner dans la rue un peu plus loin. On a retrouvé la machine intacte, mais il reste à découvrir qui l'a prise. Et aussi les clés, qui ont été emportées, elles.

— Piquer un engin de chantier ? fait l'un des deux agents. Ça, c'est pas ordinaire. Ça change des vols de scooters.

— Et pourquoi garder les clés ? demande l'autre. Est-ce que le voleur prévoyait de revenir chercher son excavateur ? Mais dans quel but ? Pour faire ses courses ou aller boire un coup dans un pub, il y a des manières plus discrètes de se déplacer. Et s'il avait l'intention de l'employer pour dévaliser un distributeur automatique de billets, il fallait le faire tout de suite.

— On va trouver l'auteur du vol, j'en suis sûr. Je parie pour un gamin du quartier.

L'affaire de l'accident de Gerwin, elle, se présente de plus en plus mal. Les policiers ont trouvé une douzaine de Fiesta grises qui traversaient le champ d'une caméra de surveillance à un endroit et une heure qui pouvaient être compatibles avec le moment de l'accident qui a causé la mort de Gerwin, mais l'examen des véhicules a montré que ce n'était aucune d'elles. Il va falloir élargir le champ des recherches, mais l'ambiance est au pessimisme.

— Pourquoi est-ce que ce genre de choses arrive toujours avec des modèles de voitures qu'on trouve dans toutes
les rues de Grande-Bretagne ? se désole un agent.

— Oui, c'est le coup de l'aiguille dans la botte de foin.

Son collègue se gratte la tête.

— Ça me ferait plutôt penser au coup du brin d'herbe
dans la botte de foin.

15. Épilogue

Dans la vallée de la Colne, avec l'arrivée du printemps, les arbres et les buissons se couvrent de pousses vert tendre et la végétation est exubérante. Les premiers essaims de moucherons volent en rond au ras de l'eau et les canards ont l'eau à la bouche rien qu'en entendant la musique des sacs en plastique que les visiteurs du parc naturel triturent pour en tirer du pain.

Ce matin, les journaux ont titré sur le fait que la température est plus élevée à Londres qu'à Tenerife, quelque chose qu'on n'avait encore jamais vu à cette saison.

Une famille de Londoniens se balade au bord de l'eau. Le papa montre à sa fille des chapelets de bulles qui éclatent à la surface.

— Tu vois toutes ces bulles ? C'est du méthane, un biogaz à effet de serre. Il y a quelque chose là-dessous qui fermente.

— Quelque chose ? Quoi donc ?

— Oh, toutes sortes de débris végétaux.

9 782970 089919